シュレジア　一八四四

荒木　英行

一

「次！」

　呼ばれて女が前に出た。年の頃は四十を過ぎて見えるが、おそらくはまだ三十前後なのだろう、非常に憔悴している。着ているものといえば、文字通り襤褸《ぼろ》を下げている。疲労困憊した仕草で女は台の上に織物を広げた。経営主任のライヒマンがその織物を物指しでつぶさに検査する。見習いの若い男がそれを秤に乗せたのち、後ろの棚に押し込めた。

「十七グロッシェン四ペニヒ！」

　身近にいる出納係のクーパーが、上役の大声に合わせて金を小さなテーブルの上に置いた。

「ありがとうございます」

　みすぼらしい女は震える指先で小銭を集めた。すぐに立ち去ろうとはしない女を見てクーパーは、

「なんだ？　勘定が合わないのか？」

女は口籠るような口調で、

「もう少し、上積み、い、いいえ、前借りをお願いしたいのですが……」

「なんだと？　前貸しの話だったら、ゲルトベジッツァーの旦那にお願いすることだな！」

「そしたら旦那に会わせてもらえませんでしょうか」

おどおどした素振りの女を、主任のライヒマンが破鐘のような声で怒鳴りつけた。

「ゲルトベジッツァーの旦那は忙しいんだよ！　おまえら…とにかく忙しいんだ。だから俺たちが代わってこれをやっているんじゃねえか。さっさと次の者に替われ！」

胸の薄い男が咳をしながら前に出た。この男は順番待ちの間から絶えず咳をしていた。その汚れた蒼い顔は結核病みを思わせる。

「なんだ、これは？」広げた織物を検査しながらライヒマンが悪態をついた。「瘤だらけじゃねえか。糸の掛け方はだらけているし。これでよく織物工《バタンコ》だなんて言えるな！」

病弱な男はなにか申し訳を言ったようだったが、経営主任はそれを無視して、

「よし、目方だ」

品物を見習いに手渡した。そして次の動作にかかろうとした時、部下のクーパーがライヒマンに目顔で合図した。入口の辺りを見ると、粗暴な風体のならず者めいた若い男が入ってきた。並はずれて力の強そうな織物工だ。

「たまらんのう、この蒸し暑さは！」

そう言って骨太の若者は汗を拭いながら老人の横に腰を下ろす。

「ひと雨きたら、ましになるんだが」

と老人が言う。

「やあ、バウアーのおやっさん、背中の具合はどうだい？」

「どうもこうも、こりゃもう、棺桶の中まで持って行くしかないわ」

「今日もまたずいぶん長く待たされそうだな」

「へ、そんなことはお構いなしさ。偉いさん方はな。わしらのことは人間だと思ってもいやしない」

「おい、そっち！　後ろの方、やかましいぞ！　主任さんの声が聞こえやしねえ」

「ここまで丸聞こえのあの馬鹿でかい声が、あそこにいる奴に聞こえねえはずもなかろうに」

若い男は大胆不敵な笑い顔を出納係に向けた。クーパーは主任の顔を窺う。そのライヒマンはというと、相も変わらず織物工に悪態をついている。

「何遍言ったらわかるんだよ、このうすのろが！　もっと丁寧に、きれいに仕上げろ。なんでもやりゃいいってもんじゃないんだ。商品だぞ、あくまでも。見てみろ、この節！　ほら、ほら、小指の長さほどもある」

蒼い顔の男は蚊の鳴くような声で、

「なにぶんにも、道具が古いもんで……」

「目方も足りない」

と見習いの若い男が言った。

「え？　目方は……目方は足りないはずがない。もう一度量りなおして――」

「次！」有無を言わさずライヒマンが先を促した。「こっちは忙しいんだ。ほらほら、次！」

つぎはぎだらけの汚い着物を身に纏った片目の小男が反物を台の上に置いた。ライヒマンが検査をしている間、片目の男はその横へ行って、しきりに懇願する。

「すみませんが、旦那。なんとも言い難いことですけど、今回だけはなんとか前借り分を引かないようにしてほしいのですが……。息子がえらい病気で薬代が要りますので――」

「なんだ、こりゃ！　横糸が中途半、足りんじゃないか。こんなもんが商品になると思ってるのか、ばかもん！」

「御領地の賦役に駆り出されて、時間がなかったもんで」

「そんなこたぁ、お上に言え！　こっちの知ったことか！　それになんだ、こりゃあ。耳は出たり入ったり、横糸がひっつれてると思ったら、これはなんだ、ここ。ろくな仕事もしやがらんで――」

先の襤褸を下げた女がもう一度口を挟んだ。

「旦那さん、ほんとに、ほんとに前借りさせて貰えなかったら、うちらどうなることか。ああ、天にまします我らが父よ……」

「天の父より、おまえのおとっつぁんが居酒屋に入り浸らんように気をつけな！　まったく、神様の教えを守ってまじめに仕事する奴は、前借りなんてすることはないんだよ！」

「そんなこと言ったって……」

「ここらのバタンコは」出納係のクーパーが聞こえよがしに憎まれ口を叩いた。「よその半分増しの賃金取りやがって、腕は半人前、挙句の果てに借金の要求ときやがる。まったくたちが悪い」

最前入って来たならず者風の若い男が隣の老人に顔を近づけて、

「むかつくのぉ、あのションベンたれ」

女はなおも哀願を続ける。

「わたし、決して怠け者なんかじゃありません。だけどもう、ほんとに、どうにもならないんです。二度も流産はするし、亭主にまともな稼ぎもないし。農家へ行って頼んでみたけど、どうにも工面がつかなかったんですよぉ。寝る間も惜しんで毎晩夜なべ仕事やっととります。ほんのちょっとでも骨休めして、体が良くなったら、またたくさん働けるのに……お願いだ、少しは察して下さいな」

経営主任は女に目もくれず、

「トーデラーに十九グロッシェン！」

「ほんの少し、ほんとに、パン代だけでもいいから、お願いです。農家に頼んでも、もう貸してもらえないし、子供四人も抱えて……」

ライヒマンは鼻で嗤って、

「バタンコおんなの子沢山、か。おまえ一人にいちいちかかわっていられるか！　バタンコはたくさんおる。こいつらみんな面倒見なきゃならんのだぞ！」

トーデラーと呼ばれた男は出された金に手もつけず、

「前と違うじゃないですか。この前はもう少し納品は少なかったが、二十一グロッシエンだった。いったいどういう基準で……」

「なんだと？」経営主任のライヒマンの顔面に朱が差した。「バタンコのくせに、理屈をぬかすな！　なにが基準だ。基準は俺が決めるんだ。おまえらに数字がわかるか！　俺は経理のプロだぞ！」

「プロであろうが、何であろうが…」

「いやならよそへ行け。おまえの品が、いいか、トーデラー、おまえの腕がよそで買われるとでも思っているのか！」

「もう一遍目方を量っておくんなさい」

「品物に落ち度がなかったら、賃金にも落ち度はないんだ。わかるか、この理屈が？

次！」

　そのあと三人の機織工はひとことも言わずに賃金を受け取って去った。この間ころあいを見計らっていた片目の男がまたしても願い出た。

「ライヒマンの旦那、どうか情けをかけて、今度だけほんの少し融通して下さいな。女房は寝たきりだし、仕様がないから糸繰りの女を雇ったんだ。それで……」

「ニッペル、おまえなあ、桁落ちの労務者が人を雇うか！　常識で考えてみぃ」

「そんなこと言ったたって、糸繰る者がおらんと機は織れない……」

「トーデラー」ライヒマンは片目のみすぼらしい男を無視して、「おまえ、金を受け取らんのか？」

「だって、足りませんもの」

「そうそう、トーデラー。おまえ前回前貸しがあったじゃないか。うっかり忘れるとこだ。差し引いて十一グロッシェン。おい、クーパー。ちゃんと聞いたか！」

「はい」出納係は媚びへつらうように首をすぼめて、「ちゃんと聞いています。十一グロッシェンと――」

　片目のニッペルは手元の金を呆然と眺めた。突っ立ったまま首を横に振り、

「こりゃあひどい。死ねとおっしゃるか」

すごすごと引きあげてきたニッペルの溜息を聞いて、老いたバウアーが独り言のように相槌を打った。

「まったくだ。そりゃあ、溜息も出るさ」

「子供が病気で、内で寝てるんだ。薬を買ってやりたいんだが、これじゃあ薬どころか、食うにも困る」

「どこが悪いんだね？」

見える方の目を老人に向けてニッペルが愚痴をこぼした。

「それが、小さい頃からあいつは弱かってなぁ。わけはわからんけど、持って生まれた業の病だ。毒が血に混じって、あっちこっち吹き出すんだな」

老人は何度も頷いた。

「そうさな。どこでもそうだ。貧乏すると弱り目に祟り目だ」

「その包みは…」とニッペルはバウアー老人が手にしている布包みを顎で差して、「そいつはなんだね？」

「わしのところにゃ、もう何も食うものがないから、内の犬を潰したんだ。もうほとんど死にかかっていたからな。可哀そうでとても自分じゃ殺せない。それで肉屋へ持って行ってやってもらったよ。肉屋の奴、多少へつりやがったと思うけど」そう言って老人は包みを持ち上げてみた。「それでもまあ、もともと痩せた犬だったから、ほんの少ししか、これだけしか肉はないよ」

次に織物を納めた女は出納係に何度も頭を下げて立ち去った。

「山嵐のとっつぁんは来たかね」

ならず者風の屈強の若者が老人に尋ねた。

「ありゃあ隣町の工場主のところへ持って行くって言ってたから、もうここへは来ないんじゃないか」

「あんな遠いところまで品を運んで、少しは高く買ってもらえるのかね」

「あんまり変わらんのじゃないかと思うがねえ…」

「バウアー！」

「おお、お呼びだ」

老人は話を途中に待合の席を立った。出納係とやりとりを交わすその曲った背中を若者は無表情に眺めていた。はい、はい、と年寄りが戻ってくると、

「ヴォルフガング！」

この若い男が呼ばれた。入れ替わりに席に着く。検査の間中、顎をあげたのけぞるような姿勢で出納係を見下している。出納係のクーパーは目を逸らして相手を見ようとしない。

「十七グロッシェン、いや、十七グロッシェン半！」

「そんなはした金は乞食にでもくれてやれよ」ヴォルフガングと呼ばれた男は毒づいてみせた。「そんなもんが賃金と言えるか、冗談も休み休みぬかせ！」

「済んだ奴はさっさと出て行け。あとがつかえてるんだ」ライヒマンが言い返した。

「俺達ァな、お金持ちの旦那に御奉仕しているんじゃないんだぜ。いいか、仕事をしているんだ、仕事を。休みなしに朝から夜中まで働き詰めで機を織って、夜になるとボロ雑巾みたいにくたびれている。塵ほこりにまみれて気が遠くなりそうだ。それの見返りがこの目腐れ金かよォ」

「文句を言う奴は外へ出ろ！」

「おう、出てやろうじゃねえか。てめえも出ろ！」

「なんだと！」

ライヒマンは言葉に詰まって立ち上がると、荒々しく奥の事務所へ入って行った。やがて工場主のゲルトベジッツァーを伴って戻って来る。工場主は四十代か、あるいは五十を過ぎているか、がらがら声で咳をしながら、

「何を言うておるんじゃ」反っくり返って身構えた姿勢で若い労働者を見下した。「これか、ヴォルフガングってのは」

「ああ、いかにも。俺がヴォルフガングってのだ。ゲルトベジッツァーってのはそれか？」

工場主は瞬間激怒した。

「誰に向かって口をきいとるんじゃ！　言葉を慎め、この野郎！」

ライヒマンが横から媚びるように、

「フライパンの上で猫踊りをさせてやりましょうか」

「はしたは黙っとれ！　悪魔の呪文で木の叉から生まれてきやがって！」

・・・

ヴォルフガングががなりたてると、

「なんじゃとお？　この野郎、ただですむと思ってるのか！」

怒りに身を震わせて経営主任は詰め寄ったが、若い男は豪も動ずることなく相手に

対峙した。

「ううん、畜生！」

相手は挙げた手のやり場もなく、両のこぶしをわなわなと震わせるばかりだ。

「このガキは」と工場主が言葉を入れた。「あの騒ぎの時にも居合わせたのじゃなかったか？」

ライヒマンは憎々しげにヴォルフガングを睨みすえたまま、

「こいつはビジロッツのバタンコです。騒ぎがある時には必ず面《つら》を出しやがる」

「そうか、やっぱりこの野郎か。いいか、よく聞け。あれだぞ、こ、この前みたいに酔いどれを引き連れて、もう一遍俺の家の前を通ってみろ。どうなるかわかっているだろうな！　くだらん歌うたいやがって……」

「私刑《リンチ》讃歌のことか」

「なにがリンチだ、ドチンピラの分際で！　…だ、誰か一人、誰でもいいから誰か一人引っこ抜いて、警察へ引き渡すぞ。誰があんな歌作りやがったか、それがわかったら……」ゲルトベジッツァーは一瞬言葉に詰まって大きく息を吸ったのち、「あの気に食わん歌を作りやがった奴、そいつを……」

「そいつをどうするんだい？」

「い、今すぐお巡りを呼んでやろうか、ええ？　このやくざもんが！」

ヴォルフガングはにやにや笑っている。工場主は満面朱を注ぎ、

「おまえらみたいなドチンピラ、束にして片付けるくらい、訳ないんだぞ！　やってやろうか？」

「そりゃあ、訳ないだろう。工場主様だからなあ。機織工の十人や二十人、飢え死にさせるなんざあ、訳なかろう。はした金でこき使って、生き血を啜ってよ、骨までしゃぶる…」

「黙れ！　おい、こいつに二度と仕事をさせるな！　わかったか。二度と……ええい、飢え死にしやがれ！」

「へ！」若いならず者はもろに相手を見据えて、「俺が死ぬ時は、おまえが俺のダチ公に吊るし上げられて、太い木の枝にぶら下がる時さ。気をつけろよ」

「出て行け！」ゲルトベジッツァーが叫んだ。

「出て行きやがれ！」経営主任と出納係がほとんど唱和するかのように怒鳴った。

「その前に賃金を払ってもらいたいね」

「ここにあるじゃないか！」クーパーが金を勘定台の上に叩きつけた。貨幣が跳ね返って散らばる。「銭を拾い集めて出て行きやがれ！」

ヴォルフガングの形相が変わった。

「ちゃんと手に渡してもらおうか、この掌の上に。それとも……」

「拾ってやれ。早いとこ、厄介払いだ」

そう言って工場主は背を向けた。畜生、くそったれ！　小さな声でぶつぶつ言いながら出納係は貨幣を拾い集めた。

「よし、いいだろう」ヴォルフガングは僅かばかりの金を悠然と受け取り、「態度に気をつけろよ。下っ端なんだからな、おまえらは」

と、その時、機織工達の間で動揺が起った。誰かが長く深い息をついたかと思うと、音を立ててその場に倒れこんだ。

「どうした？」

「なんだ、なんだ！」

「誰か倒れたぞ」

「そ、そこの子供…ああ、あの病持ちの子だ」

動揺が広がる工員達の中へ、ゲルトベジッツァーが戻って割り込んでいった。

「癲癇《てんかん》だ」と誰かが言った。

「癲癇？」工場主は不機嫌そうに眉間に皺を寄せて、「誰かこの子供を知らんか」

「わしの村の者ではない」

と年取った機織工が言った。

「ヘルマンとこの息子と違うか？」そう言ってバウアー老人が覗き込み、「そうだ。ヘルマンとこの四男坊だ」

「家はどこだ？」

「俺の家の裏手の、坂を上っていく、その中腹ですよ、旦那。子供が六人もいて、それはたいへんな暮らしだ」

「ひどい暮らしだ。家は雨漏りだらけで……」

「肌着の数と子供の数と、どちらが多いのか――」

機織達が口々に言う。

「大袈裟なことを言うな」ゲルトベジッツァーは子供に手を掛けて、「おい、坊主、どうした？　しっかりしろ！」

女の工員が子供を抱え起こすと、工場主は経営主任に向かって水を持って来るように命じたが、

「いや、ブランデーだ。ブランデーが気付け薬になる」

「食い物だよ！」ひときわ大きな声で言ったのはヴォルフガングだった。「何か食わせてやったら生き返るさ」

そう言い残して扉を開けて出て行った。ゲルトベジッツァーは舌打ちして、

「あの野郎、いちいちうるさいな！」そう言ったかと思うと、子供の近くの機織工に向かって、「おい、そこの！　抱いてやれ。おう、そうだ。俺の部屋へ連れて行け」

「旦那の部屋というと？」

「クーパー！」工場主は出納係に命じた。「おまえ、手を貸してやれ。おい、なんだ、どうした？」

「旦那、何か言いましたよ。唇を動かしてる」

「何？」ゲルトベジッツァーは子供に近寄って、その口に耳を寄せた。「なんだと？」

子供は聞き取れないほどの声で何か喋った。

「何を言ってるんだ？」

「おそらく……」女が言いかけた。遠慮がちに「お腹が空いて……」

女の掠れた声を聞いてか聞かずか、

「おい、そら、三人ぐらいで運べ。部屋のベンチに寝かせて、医者を呼ぶんだ」

子供が運び去られると、機織工達の間でざわめきが起った。声は次第に大きくなり、やがて全体に行き渡る。その中でバウアーが言った。

「そうだ、いつだってそうだ。あのヴォルフガングの言うことに間違いはない」

「ほんとだ」と他の者が言った。「あいつの言った通りだ。飢えてぶっ倒れるなんてのは、ここではちっとも珍しいことじゃない」

「そうさ」とバウアー。「これだけ工賃を減らされたら、これから先どうなることか……」

「ジャガイモも今年は不作だし――」とまた他の機織工が言う。「もっとさらにばたばた倒れる奴が出てくるよ」

バウアー老人の表情が一層険しくなった。

「テルヴィッヒみたいに首に縄つけて、機にぶら下がるのが一番手っ取り早い解決かも知れん」

どこそこの嫁は粉引き小屋へ働きに行ったきり帰って来ない、誰々の娘は町の居酒屋へ稼ぎに出て、そのまますっかり身を持ち崩した——そういった話がそれぞれの間で持ち上がった。

「命尽きればあの世行き——さ。それで開放、それだけのことだ」

やけのように老いた機織工が吐き捨てた。

工場主が部屋から戻って来た。興奮して息を切らせている。全員に向かって大声で、「たいしたことはなかったぞ。子供は元気になったぞ。しかしまあ、ひどい話だ。肩も腕も、触ったら折れそうなひ弱な子供よ。あんな弱い子供に重い反物背負わせて何キロも歩かせるなんて、親は一体何を考えているんだ」そう言って一息ついて、「そうだ、これから規則を作って、子供の使いには子供の駄賃だけしかやらん、ということにでもするか。そうしたら本人が、親が労を厭わず来るようになるだろう」

ゲルトベジッツァーはしばらくの間黙して歩き回った。機織工達はみんなあきれ返ったような表情で工場主を見ている。やがて言葉を続けて、

「そうだ、ぜひそうしよう。一体誰のところへそのツケが回って来ると思う？　全部工場主のところだ。何があってもこの俺が悪者にされるんだ。ああいう哀れな子供が

道々意識を失って、雪の中に倒れ込んで死んでしまったらどうなると思う？　どこぞの新聞記者がやって来て、工場主の責任だ、ひどい経営者だ、と書きたてやがる。使いに出した親はなんら非難されることもなく、工場主ばかりがやれ冷血漢だ、やれ極悪非道だ、と責められる。あいつらは経済の担い手じゃないから、とかく工員の味方ばかりして、我々のことを悪し様に言う。まっぴらだ！　俺達がどんなに危険な、どんなに難しい橋を渡っているか、鉛筆ばっかり舐めてるような現実知らずには判りはしない。へ！　おまけに金持ちにたかってかすり取ろうとするゲスどもも後を絶たん。俺の立場になってみろ！　俺が、この俺がいなかったら、一体誰がたくさんの機織工を養うのか？　ええ？」

一気にまくし立てた。少し間を置いて、

「おっしゃるとおりだ」おずおずと一人の年老いた機織が呟くように言った。

「あのヴォルフガングの奴が」ゲルトベジッツァーは一段と声を張り上げる。「あの青二才が、なんだっていつでもこの俺に楯突きやがる？　畜生！　あの野郎、俺のことを極悪非道呼ばわりしやがって、慈悲のない鬼畜だと世間に言いふらして歩いていやがるのだろう。くそ、いまいましい。俺は、この俺はそんなに慈悲のない極悪人か!」

「そんなことない」

と、先の年寄りがまたしても小さな声で言った。「そうですとも。そんなひどい人ではありません、ゲルトベジッツァーの旦那は」

「じ、慈悲深い方でおわします」

「そうですとも。我らは決して旦那のことを恨んだり、悪く言ったりはしていませんから……」

口々に機織工達は言い訳がましく言い逃れをした。工場主は幾分気を持ち直して、

「そうだろう。なのにあのヴォルフガングの畜生は、それからその一味達もこの俺のことをろくでもない歌に仕立てて歌いまわりやがる。安賃金で飯が食えないとかぬかしやがって、そのくせ安酒あおってはほっつき歩く。どうだ、この矛盾は。よそのバタンコ見てみろよ。どんなにくそ貧乏か。ここらあたりの奴らはまだしもいい方だ。神様に感謝せい! どうだ、俺の所で暮らしは立つか、立たないか?」

立ちます、立ちます、と卑屈な口振りで機織工達は言った。

「そうだろう。ヴォルフガングみたいな奴は……要するに、なんだ? ならず者、や

くざ者に過ぎないってことよ！　あいつは押さえておけ、いいか。あんまり度が過ぎたら、俺はこの商売やめちまうぞ！　そうなったらおまえらどうなる？　あのヴォルフガングの若造がおまえらみんなを食わしてくれるのか？」

「旦那様のおかげで――」

と一人が言うと他の者が、

「ありがたい、ありがたいことです、旦那様」

「この不景気で」工場主は勢いづいて続けた。「人件費を払ったら、足が出るのだぞ。赤字覚悟で俺はおまえ達のためにやっているのだ。ここのところをようくわかってくれよ」

するとと経営主任のライヒマンが口を合わせた。

「反物は千も二千も棚晒しだ。いつになったら捌けるか、わかったもんじゃない。ここらには仕事にあぶれたバタンコがごろごろしているんだぞ。誰を雇うかは旦那の心ひとつだ。わかっているだろうな？」

「このゲルトベジッツァーは世のため人のため、我が身を犠牲にして営業しているのだぞ。全然食えない完全失業者よりは、少しでも賃金が貰える方がましだろう。そうは思わんか？」

多くの機織達はへいこらと頭を下げながら、

「そうです」

「その通りだ」

「全くだ」

「まあ、御託を並べるのは程々にして」工場主は反り返った。「この際、来月からは百七十人程の者に仕事をさせてやろうと思う。その条件は後日経営主任から聞くがいい」

機織工達の間で動揺が起こった。そのざわめきを背に立ち去ろうとする工場主の前に、女がすがるように立ち塞がった。

「旦那さん、お願いです。私にお慈悲を……。二回も続けて流産しまして――」

ゲルトベジッツァーは急いで退出しようとしながら、

「ライヒマンに掛け合ってくれ、おかみさん。俺はもう、ほら、時間が過ぎているぜ」

今度は同様にトーデラーが道を遮った。

「ゲルトベジッツァーの旦那、ライヒマンさんは俺の工賃をあんなふうに低く見積もったけど、ほんとにあんな額なんですか。それに前借りの金額も実際より多くなっている」

「経営主任に聞いてみろ！　それが筋ってもんだろう」と言ったあとでゲルトベジッツァーは聞き捨てならぬ、といった表情を示し、「なんだ？　前借りの額が？」

ライヒマンは慌てて付け加えた。

「そりゃあ、おまえ、借りた金には利子がついて当然――」工場主に向き直り、「ちゃんと帳簿にその通り記しておりますので……」

「帳簿を見せてみろ」

「そ、それは…おい、次！　そこのばあさんよ、品物を出せ」

ゲルトベジッツァーは眉間にいかがわしい皺を寄せながらもそれ以上経営主任を詮索することなく、事務所に引っ込んだ。

「それじゃあ、今度は一反についていくらになるのかね」

とバウアーが尋ねると、

「今度からは変動制だ。決まった金額はない。だいたいだな――」

ライヒマンがすべてを言い終わらないうちに機織工達の間でまたしても動揺が広が

った。

「なんてことだ」

「そんな……」

ライヒマンは向き直って検査を続けつつ、

「ゲルトベジッツァーの旦那が決めたことなんだよ。俺に言っても始まるもんか」

さっき言ってた百七十人から漏れたら、どうなるんだ……よそへ行くしかないのか？　よそはよそで機織はあぶれているだろうし――条件って言ってたけど、一体どんな条件が付くんだろう？　――工員達はただただ不安な顔を見合わせて、行く先に暗い予感を漂わせるばかりだった。

二

狭い部屋の真っ黒に煤けた天井までの高さは六フィート足らず、床板はひどく傷んで、下手すれば足を踏み抜いてしまいそうだ。左の壁には斑に黄ばんだ紙が貼られている。その窓を通して差し込む弱った夕日が、機を織る娘二人の白茶けた乱れ髪を照らす。顕わな痩せぎすの肩や白い鶴を思わせるようなその首、そして粗末な肌着の背の皺も、疲れ切った日の光を受けている。娘達はその肌着の他には、ごわごわした麻の丈の短いスカートしか身に着けていない。夕日は腰が曲がったバウアー老婆の骸骨めいて痩せ細った首筋と、窪んだ胸にも光を落している。

「また糸が切れたのか？」

老婆は操る手を止めて、機の上に前かがみになっている娘達に哀れっぽい声を掛けた。娘は糸を繋ぎながら、

「ほんとに始末に負えない糸だこと」

「なんて弱い糸なんだろう」と、もう一人の娘が言う。「それにしても、いやに帰り

が遅いわねえ」

そう言って顧みた老母のしゃれこうべの中の眼は、相も変わらず真っ赤に充血している。繊維の屑と煙と夜業の疲れのせいだ。

「そうだねえ、一体何があったんだろう？」

瘰癧《るいれき》のある細いその首は皺くちゃで筋張っており、色褪せた襤褸布で半ば包まれている。

「心配ないよ、お母さん」

年上の娘が言った。続けて筬《おさ》のリズミカルな重い響きが床や壁を振動させた。忙しく行き来する梭《りょう》の音が部屋に満ちた。

「ちょっと待って、アンネ！」

「なに？」

娘が手を止めると母親が、

「足音がしたみたい」

「家主が…ゾルゲ爺さんが帰って来たんだろ」

続けて機を動かそうとすると、襤褸を着た裸足の子供が入って来た。

「母さん、お腹が空いたよう」

と、泣きながら言う。

「もうちょっと待ちな！　じいちゃんがもうじき帰って来るよ。パンとコーヒーを持ってな」

「お腹が空いたよう」

「よしよし、いい子だから。駄々を捏ねるんじゃないよ。じいちゃんはもうすぐ帰って来るからね。おいしいパンとコーヒーを持って帰って来るよ。——夜に仕事がすんだら、母さんがジャガ芋の皮をお百姓の家に届けて、換わりにバタミルクのおいしいのをオスカーの土産に持ってきてあげるから」

「じいちゃん、どこへ行ったの？」

「工場だよ。反物を納めに行ったんだよ、オスカー」

「工場かあ？」

「そう。ゲルトベッジッツァーの旦那のところさ」

「旦那がパンをくれるの？」

「うん。旦那がお金をくれるから、それでパンを買って来るんだよ」

「たくさんお金くれるの？」

「しつこいね！　もういいだろ。母さんは仕事を続けなきゃならないんだよ！」

若い女達は共々また機を織りにかかったが、やがて手を止めた。年下の娘が、

「アウグスト、アウグストはどこ？」

と呼ばわる。

「何？」女の兄だか、弟だか、年齢を推し量ることのできない男が、糸巻きの箱を積み重ねたその後ろから姿を現わした。

「何か用か、ユリア？」

一見して精神が薄弱であるとわかる。後頭部は潰れて平たく、両の眼がやたら小さい。全体痩せてはいるのだが、下腹だけが突き出ている。その顎には涎の跡が見られる。

「ゾルゲのところへ行って、明かりを点けてくれるように言っておくれ」

アウグストは出て行き、オスカーが後を追った。

「なあ」今にも泣き出しそうな声で老婆が娘に話しかける。「お父はどこへ行ったのかねえ。帰りが遅すぎる。心配でたまらないよ」

「きっとどこか、知り合いの家にでも寄っているんだろう」

と、妹娘が気のない返事をする。老婆はほとんど半泣きの声になって、

「まさか居酒屋へ行ったのじゃないだろうなあ」

「哀れなことを言うんじゃないよ、母さん。父さんがそんなことするもんか」

姉娘がそう言って宥めたが、老母の脳裏には、それは恐ろしい想像がよぎるのであろう、我を忘れて、

「ああ、ああ、どうしよう？　爺さんが大酒食らって、一文無しで帰って来たら……ああ、ほんとに、どうなる？　もう一握りの塩も、一切れのパンも家にはないんだよう。薪だって、もう無くなるし、ああ、どうしたらいい？」

「落ち着いて、母さん。気を大きく持ちなよ」

そう言ったユリア自身、母親の言葉に暗示されて不安を掻き立てられたように見える。姉のアンネが二人を慰めるべく口を挟んだ。

「明日にはアウグストを森へやって、木の枝でも拾って来させようよ」

その時年取った上背のある織物工が戸口を屈みこむようにして部屋に入って来た。

「なにか用かね？」

「すまないけど、明かりを点けておくれよ」

と、ユリアが言う。

「まだ明るいじゃないか」

バウアー老婆の泣きっ面はすでにもとに戻っており、

「わしらを暗がりの中で作業させるのかね」

と毒づく。家主のゾルゲ老人は、

「こちらにも都合があるんだよ」いともそっけなくそう言った。

「ちぇっ、なんてケチくさい爺さんだ」

「じゃ、家主の気が向くまで、仕事もできないって言うのかね」

アンネが不平不満をぶちまけていると、ヘルマンの妻がやって来た。

「こんばんは、皆さん」

三十そこそこだろうか、妊娠しており、疲れ切った顔に激しい不安と緊張の色が見てとれる。バウアーの老婆が心配げに顔を窺うようにして、

「おお、ヘルマンのおかみさん、どうしたんだね？」

「急に気分がわるくなってねえ。ちょっと寄らせてもらったんだよ」

「まあこっちへ来て、そこに掛けなさいな」

「あんたとこではどうだね？」

重そうに肩を下げてヘルマンの妻が機嫌伺いをする。

「もう、はあ、だめだよ。やっていけない」老婆はこみあげる涙を抑えきれず、とうとう泣き出してしまった。「もう、なんだね。神様のお迎えを待つだけだ。それ以外に救われる道はないさね」

「内の子供達だって」そう言いかけてヘルマンの妻はやおら声を荒げ、「飢え死に寸前だよ！　ああ、もうどうしたらいいか、わからない。何をしたって駄目だ」

すすりあげ、しばしむせび泣いた。

「ほんとに、もう死んだ方がましだ。どんなに苦労しても遣り繰りがつかない。七人も口があるんだから、とても養いきれないよ。夕べもパンが一切れ手に入ったが、下の子二人が食ってせいぜいだ。どの子にやったらいいか、ほんとに迷うよ。おれにくれ、おれにくれって、みんな言うじゃないか」

うん、うん、とバウアーの姉妹は同情の念を込めて頷いている。手拭いで洟をかんだヘルマンの女房は続けて、

「どうしたらいい？　どうしたらいい？　こうやって私らが動けるうちはいいけど、私が倒れたあとはどうなるんだろう？　おまけに……ちょっとばかりとれたジャガ芋は洪水に流されるし、ああもう、ほんとに、いやだ、いやだ、いやだ！」

相手が泣き出すと、すでに泣きやんでいた老婆はいくらかしっかりした口調で、

「わしらのとこも、おっつかっつだよ、おかみさん」

「それでもあんたのところはこうして娘さんが二人もいるじゃないか。お爺さんだって、まだまだ稼げる。内の亭主は数日前にまた倒れてしまったよ。苦しさに身悶えして、のたうちまわるんだ。こっちは気が動転するけど、どうすることもできやしない。この発作が始まると、一週間や二週間、寝たきりになるさね」

「内の爺さんだって、もうそろそろだめになるよ。体が利かなくなってきた。胸も病んでいるし、腰痛も酷くなっている。蓄えは一銭もないし、今こうして爺さんの帰りを待っているけど、そう、反物の代金を受け取って来てもらわないと、この先どうなるかわかったもんじゃない」

「ほんとに」とアンネが話に加わった。「お母さんの言う通りだよ。内じゃ困りに困って……お父がサンダーを連れて行ったんだよ。あの犬を殺してもらって、腹の足し

にするのさ」

ヘルマンの女房はなにやら思案げな面持ちだったが、やがて意を決したかのように言葉を吐いた。

「なあ、パン粉の余りを一摑みでも貸して欲しいんだけど」

母も娘も三者三様に首を横に振る。その力のない動作を見て、

「やっぱり駄目だろうなあ」

立ち上がって戸口まで行っては振り返り、

「手ぶらで帰ることもできないし、ああ、もう私はどうなってもいいよ」

「だいじょうぶかな?」

出て行った女の無力な後ろ姿を見送ったのち、ユリアが言った。

「いつものことさ」

とアンネはそっけない。

しばらく沈黙が続いた。発話の力を削がれたかのように、誰一人喋ろうとはしない。

かつまた、機を織る気力さえも失われたかのようだった。

「あ、あ、お父やん…」

アウグストの聞き取りにくい声に促されて皆が出入り口に目をやると、糸の包みを重そうに抱えたバウアー老人が迫りくる夜気を背景にその貧相な姿を現した。

「まあ、なんだね、お前さん。遅いったらありゃしない。どれだけ心配したか……」

老妻の小言を聞いてか聞かずかバウアーは、

「ああ、まあ一息つかせてくれや。それより、お客様をお連れしたんだぞ。それ、見ろや」

老人の後から制服姿の軽騎兵が一人、入って来た。中背の逞しい、血色のいい若者だ。部屋へ入ると気をつけをして、軍隊式に敬礼した。

「こんばんは、バウアーのおばさん！」

「おお、こ、これはイェーダーマンじゃないかね。イェーダーマン！　まあ、帰ってきたんだねえ。わたしらのことを忘れもしないで」

老婆は歓喜に小躍りして、外来の若者に席を勧めた。

「まあ、掛けなよ、掛けておくれ！　よくまあ、お前さん……」

アンネが薄汚れて鼠色になった手拭きで椅子の面を拭き、イェーダーマンに勧める。

「久しぶりだねえ、ユリウス！　よくまあ、来てくれた。こんなむさ苦しいところへ」

軽騎兵の若者は人懐こい笑みを見せて腰を下ろした。

「いやあ、驚いたねえ。息子がいるんだ、アンネ。どこで拵えたんだよ」

ユリアは父親が持ち帰った僅かばかりの食べ物を受け取り、早速フライパンにのせて炉の中へ差し入れた。

「アウグスト、火をおこしなよ。ところでユリウス、機織工のホーリーを知ってる？」

「ホーリー？　誰だったっけ？」

「内の裏手に住んでいた、目立たない、うだつのあがらないバタンコさ」と老母が話を受けた。「それが内の長女の腹の中に子供を拵えて、挙句の果てに本人が胸の病でお陀仏さ。そのあとどうやって育てるんだね。――ところでイェーダーマン、あんたはその後どうしていたのかね？　聞かせておくれ」

「そうだ、聞かせてやれ」と、バウアー老人。「こいつぁ、そりゃ、たいへんな金儲けをしたんだぞ。貴族みたいな格好をして、金時計まで持って…」

「銀のシリンダーの時計だよ」

イェーダーマンが笑って訂正した。

「そ、それに…」と老人が夢中になって話を続ける。「お金だってしこたま、百ターレルも持っている」

「大袈裟だな。せいぜいが十五ターレルしか持ってないって」

イェーダーマンは気取ったポーズで身を反らせた。得意げな笑みをその口元に浮かべて、

「まあ、結構と言えば結構なことさ。軍隊でも境遇は恵まれていた方だしな」

「中尉様の従卒をやっていたんだってよ」バウアー老人が言葉を添えた。「ほんとに大したもんさ。旦那様だぜ」

「旦那様はないだろう。ただの兵隊だ」

「ほんとに分らないもんだね」とバウアーの老妻が言う。「昔はほんののらくら者だったんだが。機を織ることすらろくに出来なかった坊主が……とにかく片時もじっとしておれないがさつなガキだったんだけどねえ」

軽騎兵は何を言われようが勝利者の笑みを絶やさず、

「そりゃそうと、皆さんがたの方はどうだったんだい?」

「ろくなことはなかったよ」老婆が訴えるように言葉を続けた。「どうも節々が痛んでならない。まあ、この指を見ておくれ。リュウマチかも知れないね。惨めなもんだ

よ。手足を動かすこともままならない」

「婆さんはこの頃ひどく悪いんだ。もう……先行きが思いやられるね」

と老人が言うとユリアがそれを受けて、

「着物を着せたり脱がせたりも余の者がやっているんだよ。挙句、もの食わせまでしてやらなきゃならない」

老婆は今にも泣き出しそうな哀れっぽい声で、

「自分のことも自分でできなくなった日にゃ、もうおしまいさね。この世の場塞げとはよく言ったもんだ。早くお迎えに来て下さいって、何度神様にお願いしたことか。子供の時分から……」そう言って咳き込んだのち、赤い目に涙を溜めて、「子供の時分から私は働きに働き詰めで、なんでこの年になってこんな酷い目に遭うんだよ。私だけじゃない。娘だって、ほら、顔色を見てみなよ。これが若い娘の肌の色と言えるかい？　年がら年中、朝から晩まで機の側を離れたことがない。それで稼ぎは、ええ？　いくらだと思う？　襤褸を下げて人の前に出ることも、祭やお寺詣りに行くこともできやしない。何の気晴らしも……あ、あ、煙ってるぞ！」

「ああ、また煙りだした」ユリアがフライパンを炉から出した。「もうじき崩れ落ちるよ、このストーブは。家中の者が咳き込むのは、こいつの煤のせいさ。もうこの前なんか、父さんの肺の臓が咳と一緒に吐き出されるかと思ったよ」

「家主に直させたらいいじゃないか。あの爺さん…何ていった？」

「ゾルゲ」

「そう、ゾルゲだ」

ユリアは不服不満のやり場をすべて家主に集中させたかのように、

「あれにそんなこと、頼めるわけがないよ。さっきだって、明かりを点けてくれって言っただけで、どれだけ文句を言ったか。ストーブを替えてくれなんて言ってごらんよ、追い出されてしまうよ」

「そうさ」バウアー老人が言葉を受けた。「あいつはとにかく、俺達を追い出したくってしかたがないんだ。なんせ、家賃を三カ月も滞納しているのだからな」

イェーダーマンは腰を下ろして、上着のポケットからパイプを取り出した。香りのいい煙草を詰める。

「家主だって、不動産を持っているってだけで、まるで金はないんだよな。まったく、ここら辺の暮らしぶりには驚くよ。町の労働者の貧乏ぶりとはまるで違う。町の犬っころ以下だぜ。このあたりの暮らしは」

老人は投げやりな素振りで肩をすくめた。

「それだって工場主に言わせりゃ、ここらのバタンコの働きが悪いってことになるのさ」

「死ぬほど働いているのにね」

と、老妻が相を入れる。彼らとは逆の向きにいたアンネが、

「それ、噂をすればなんとやら」

再び戻ってきたゾルゲはひときわ目立ったイェーダーマンを目にして、

「よう、こいつは珍しい。ユリウスじゃないか！」

「ゾルゲのとっつぁん、久しぶり」

家主は軽騎兵姿の若者をまじまじと見て、

「どこの華族様かね！」

「金時計を見せてやれよ。こいつはこの綺麗ないでたちの他に、現金を五十ターレルも持っているんだぜ」

「ほう、軍人さんってのは、そんなに金回りがいいのか。いや、それにしても立派な

もんだ」

アンネはジャガ芋の皮を袋に入れながら、

「これを持って行って、引き換えに牛乳を少しばかり貰ってくるよ」

イェーダーマンはゾルゲに向かって言った。

「なあ、とっつぁん、あんたはいつだってこの俺のことを馬鹿にして、半人前扱いしていたよな。おまえなんかに軍役が務まるか、なんて言ったのも、とっつぁん、あんただったよな。それがどうだ、俺はここらあたりの奴らを見返してやろうと思って、命を的に働いたものさ。人間ひとたび命を投げ出せばどうなると思う?」

と、みんなを見渡す。一同は神妙な面持ちで話の続きを待った。

「突撃ぃ！　俺は真っ先掛けて突進する。するとどうだ、弾丸が俺を避けて飛んでいくんだぜ」

ゾルゲは感心した表情で、軍服姿のイェーダーマンに見入る。

「突っ込めぇ！　突っ込めぇ！　わあ、たまるかよう！　あちらこちらで砲弾炸裂！　もうそうなったら、快感だぜ。捨て身だな。命を捨ててぶつかっていく。そうすると道が開けるのさ。騎兵中尉殿が俺の行動を見ていてくれて、それで従卒に取り立てられたってわけさ」

イェーダーマンは言葉を切って煙草を入れ替え、火を点けた。

「ううん、いや、お見逸れしました」

まんざらおどけともとれない表情で家主のゾルゲが脱帽した。

「取っといてくれよ、バウアーのとっつぁん」

イェーダーマンが金貨を一枚、テーブルの上に投げ出した。

「おお、おお！」

言葉も見出だせず、老人は貨幣を両の手に取り上げ、拝むような仕草で二度、三度、額の前にかざした。イェーダーマンはザックからブランデーのボトルを取り出し、

「こんな小さいのしかないが、みんなで回してくれよ」

「おお、肉がジュウジュウいってるし」とゾルゲは言いかけて、「いや、この肉はしかし、今朝耳にしたところによると、あの飼い犬を潰したのじゃなかったか？」

「そうだよ。そうでもしないと、一家が飢え死にしてしまう」

バウアー老人が応えた。

「可愛らしい、よく懐いた犬だったけどねえ」

と、その老妻は涙ながらに言う。イェーダーマンは怪訝な表情を見せて、

「何だ？　今時犬の肉なんか食うのか？」

「犬の肉だって、そう滅多に食べられるもんじゃない。ふた月ほど前にどこかの犬が迷い込んで来て、あの時以来さね」

とバウアー老人が言えばその妻も、

「そうとも。これだってたいそうな御馳走だ」

「ううん、なかなかいい匂いだ」ゾルゲは食欲がそそられている。「香ばしい匂いじゃねえか。いや、ところで、ユリウスよ。お前は世の中を見てきた人間だから聞きたいんだが、どうかね、この土地の機織達の暮らしは立ち直れると思うかね？」

「立ち直れるといいんだがね。そうあってほしいものだ」

「もうにっちもさっちもいかねえんだよ」大きく息を吸って、その息を溜息にして吐いたあと、ゾルゲは一気に話し出した。「ひどい有様だってことは、この借家を見てもわかるだろう。天井裏にも床下にも、貧乏神が巣食っていやがる。今は昔みたいに機の仕事も多くはないし、それにどうだ。機織なんかに家を貸していた日にゃ、家賃もろくに取れやしねえ。籠を編んで細々と暮らしを立てている有様だ。しかも少しば

かりの籠の代金でおまえ、家や土地の税金が賄えるかよ。家持ちはかえって貧乏する御時世だ。どうなると思うね、この暮らし？」

イェーダーマンが黙していると、バウアーの老妻が悲鳴にも似た声で言った。

「誰か都へ行って、この惨めな有様を皇帝陛下に申し上げなきゃならないいんじゃないか、え？」

「それは大した効果はあるまい」イェーダーマンが煙を吹きながら言った。「そういう現状はこれまでにも新聞がいろいろと書き立てているよ。それでもお上は動きはしないのに、貧乏人が直訴したところで、偉いさんがそんなことに耳を貸してくれる訳はないだろ」

「都のもんは冷たいからなあ」

「お父さん、ベルリンへ行ったことはあるのかい？」

と、マリアが言葉を挟む。

「いや、ベルリンへ行こうが行くまいが、そんなことは常識になってらあ」

ゾルゲ老人は立派な身なりをしたイェーダーマンにあれこれと尋ねたがる。

「なあ、ユリウス。こんな惨状から生きた人間達を救い出すような、そんな法律はなにかないのかね？　百姓から借りた金に利息すら払えない。あいつらはこの家や土地をふんだくろうと、虎視眈眈と狙っていやがる。いや、これは俺の思い過ごしなんかじゃないよ。いつ家を追い出されるか、わかったもんじゃない」

　ゾルゲは一度黙したが、その声は咽び泣きのようになって、

「俺はここで生まれて、俺の親父はこの地で四十何年も機を織って暮らしたんだ。その親父がよく言っていたよ。自分が死んでも、この家は決して人の手に渡すな、とな。それが、それがよ、俺の代に……」

　言葉が詰まってまたしても沈黙状態になると、尋ねられた立場上イェーダーマンは何か言わなければなるまいと思ったのか、

「そりゃ、誰の代ってのは、つまるところ天の巡りであって、とっつぁんのせいではあるまい。しかし、なんて言うか、確かに酷いよな。上前撥ねて稼ぐ奴らはどんどん稼ぎやがるし……」

「死んだ方が…」ゾルゲが愚痴話を続けた。「死んだ方が幸せさ。俺の親父は死んで幸せになったと思う。病気で寝ていて、いつでも死んだような格好だったからガキの頃の俺は気付かずに、親父が逝っちまった後で目を覚ましたのさ。親父の死に顔は微

笑んでいたようだった。貧乏と病の痛みから解放されたんだ」

誰も何も言わない、というよりも、言えなかったのだろう。間をおいてバウアーの
老婆が、

「ユリア、ストーブから出してみろや。ゾルゲの爺さんに肉汁を少し食わせてやれ」

「さあ、食べてみな。ゾルゲのおじさん」

ユリアが差し出した器を受け取って、ゾルゲはまずその匂いを嗅いだ。

「うん、これはいけそうだ」汁を吸って、肉を頬張る。「おお、こりゃうまい」

わしも、とバウアー老人が鍋から肉を取る。

「そんなに急ぎなさんな、爺さん。ユリア、皿に取っておやりよ」

あ、ああ、と薄弱なアウグストが割り込んできて、肉に手を伸ばす。

「慌てるんじゃないよ」とユリア。「ほら、すぐにやるから」

「肉、肉。おお、お…」

老父がもぐもぐと愛犬の肉を吟味しながら、

「うん、前に食った迷い犬よりずっと旨いよ、やっぱり」

イェーダーマンは敢えて犬肉を食べようとはしなかった。他の者に少しでも余分に

食べさせてやろうと思っているのか、それとも常日頃牛や豚を十分に食べているせいか、

「一度山を下りて、ペータースワルダウ辺りへ行ってみな。工場主の旦那達、どんな生活をしていると思う？　鉄の塀で囲まれた御殿みたいなお館に住んで、やれ下男だ、女中だ、馬車でお出かけだ、肉なんざ、もう食いきれないくらい食べて、脂ぎって腹は出て、不景気なんざどこ吹く風、日々これ極楽の生活さ」

ゾルゲ老人は深く溜息をついて、

「工場の持ち主が人間の心というか、憐れみを少しでも持っていたら、大勢の機織達が地獄の苦しみを味わうこともないのになあ。昔はもうちょっと工場主も工員達も、持ちつ持たれつってところがあったけどな。きょう日の奴らは我さえ良ければいい、自分が得するためには他の者はどんなに酷い目に合わせてもいいって考えだからな」

「おい、アウグスト」イェーダーマンが薄弱な息子に声をかけた。「おまえ、いつでも笑っているな。いっそ頭が緩んでいる方が幸せって訳か。さあ、笑ってばかりいないで、酒屋へ行って、もう一瓶ブランデーを買って来なよ」

バウアー老人は肉を食べてすっかり元気を取り戻していた。

「ユリウス、お前は俺達の中で一番の男だ。読み書きもできる、戦でも手柄を立てる、ど貧民の俺達にも同情する心を持っている。どうだ、ひとつ……」

バウアーの言葉を老妻が受けて、

「我々のことを、なんとか面倒見てくれまいかね？」

「おお、そうさ。まあ、大勢の面倒を見ることなんぞ、俺一人にできるものでもないが、しかし、あの気に食わねえ工場主にひと泡吹かせるくらいのことならできる、というか、やってやりたいと思っていたんだよ」

バウアー老夫婦は身を乗り出すようにした。

「それにあの太鼓持ちのライヒマン、ドチンピラのクーパー、あいつら根性もねえくせに、親分の威光を借りて威張りやがって……」

ブランデーが作用し出したのか、それまで温厚だったイェーダーマンがだんだんゴロを巻きだして、

「くそったれ、どつきまわして、蹴りまくって、引き摺り回して、踏みにじってやりてえよ！」

よほど工場主の子分どもには恨みがあるのだろうか、軽騎兵の顔面にはすっかり怒

りの色が差している。

「おとなしくしていたら威張りまくりやがるが、ちょっと暴力めいて脅せばへいこらするような、そんな卑劣極まりない野郎どもだ」

「そうだ」とバウアーが相槌を打つ。

「まったくだ！」

ゾルゲも意気盛んの一歩手前まで来ている。すべては葬られた犬の肉のなせる技か、それとも兵士の気勢が影響したのか、老女までが両のこぶしを握って、

「ほんとに、もうこうなったら――こちらには、こちらには、のう、軍隊がついているのだからのう」

「いや、軍隊はついてはいないよ、母さん」ユリアが笑って口を挟んだ。「ユリウスが一人で私らに味方してくれているだけだよ」

と、その時、突然バウアー老人が吐き気を催した。立ち上がってよたよたと小走りで外へ出て行く。

「爺さんや」

「お父さん」

ユリアが後に続いた。

「どうしたんだい？」

イェーダーマンが子細を飲み込めずに尋ねた。老婆はまたしても嘆きの調子で、

「ああ、ああ、もう、やっぱりだめだよ。食いなれない肉なんか食ったもんだから、胃の腑が受け付けないんだ」

「そんなに悪いのかい？」

やがて老人が戻って来て、悔しさをぶちまける。

「ああ、畜生！　あいつらのせいだ！　あいつらのためにこんな体になってしまった！　せっかく肉にありついたというのに、全く体が受け付けない。だめだ、畜生！　だめだ！」

若い軽騎兵は再び激怒した。

「油太りの金持ちはますますてかてか顔でのさばり返って、食うに食えない貧乏人がやっと犬肉にありついたらこのザマかよ！　くそ！」

まるで狂気が乗り移ったかのようにゾルゲまでが、

「あの野郎、あいつら人間じゃねえ！　犬畜生にも劣る。殺して屠ったって、あんな

奴ら、肉さえ食えねえ！」

「まあ、今に見ておれ」イェーダーマンが吐き出すように言った。「今に天罰が下らあ！　俺はあのゴロツキのヴォルフガングと一緒に、引き上げてくる時にあの野郎に思いっきり嫌がらせをしてやったさ。『血祭りパレード』を声高らかに歌ってやったんだ」

「何だって？」

と、ゾルゲが聞き返す。

ひとつ歌ってやらあ、そう言って軽騎兵は軍服の第一ボタンをはずし、酔いどれ口調で歌いだした。


さあ、パレードだ、パレードだ。

血祭りパレード、見においで。

血まみれ男、それは誰？

工場主の旦那だよ。

鼻は潰れて、前歯は折れて、
首は傾き、目は片目。
頭割られて、滴る血。
これが旦那に分相応。

ここでひとたびイェーダーマンは歌を切り、ブランデーの残りを呷った。

「アウグストはまだか。ブランデーのおかわりが欲しいよう」

調子はずれな歌のやけっぱちな歌いっぷりには憎悪と怨念、そして若い乱暴者に特有な加虐嗜好の残虐性が血塗られていた。バウアー老人は目に涙をいっぱい溜めて、

「ふん、鼻は潰れて、前歯は折れて…か?」

「割れた頭は傾いて――だったかね?」

と老婆も残忍な笑みを隠しはしない。

「ざまァ見やがれ、へ、へ…」

ゾルゲも喜ぶことこの上なし。人々から促されて、イェーダーマンはさらに先を歌った。

工場主の旦那様、
なま爪剝ぐのが、彼の趣味。
生き身の皮剝ぐ、子分達。
呪いの報いが血祭りだ。

「そうだ、血祭りだ！」こぶしを固めてバウアーが叫んだ。「やっちまえ！」

「当然の報いさ！」と、その老妻。「もっと歌って、先を歌って、ユリウス！」

酔いの回った兵士は調子づいてきた。血の気の回った顔で、声を張り上げる。


機織達は、ボロ雑巾。

とことん絞れ、絞り取れ。

厭なら出て行け、野垂れ死ね。

弱きは死ねと、言いなさる。


「畜生！」ゾルゲが吠えた。「死ねだと？　てめえが死ね！　てめえらこそ死ね！」

ど畜生らは血まみれだ！

追いまわせ、それ、追いまわせ！


イェーダーマンの酔った頭脳は後の歌詞を忘れたと見えてさらには歌からリズムが失せ、ほとんど咆哮と化す。

捕まえろ、ぶん殴れ、吊るしてしまえ！　血祭りだ。肉を破って……


「肉を破って、血を流せ！　あらん限りの血を流せ！」

歌っているのか、呻いているのかわからないような罵声でバウアー老人が唸った。老婆も涙を流し、

「骨が見えるまで、骨が見えるまで殴り続けてやれ！」

さらにゾルゲがクダを巻いて、

「正直者は、正直者は年を取るまでひたすら働き続ける。自分の体をボロボロにしてな！　その結果がどうだ！　子供や孫に食い扶持がいくか？　金持ちどもがとことん

絞り取るだけだ。それでも足りぬと、子供や孫からも絞り続ける。真面目だと、子孫代々に迷惑かけるだけだ！」

「やっちまえ！」酒気を帯びていないユリアまでが叫び声をあげた。「やっちまえばいい。おとなしくしていたら、おとなしくしていたら……」

首を横に振りながら、若い女は声もなく泣いた。

「この腕は骨と皮にさせられたけど……」バウアー老人が悔し泣きに泣いて自分の腕をさすった。「一生懸命働いた報いになぶり殺し寸前まで追い詰められたけど——」

言葉が詰まる。その後を受けてイェーダーマンが、

「かわりに俺の腕を見ろ。この腕を！　軍事訓練で鍛え抜いたこの体だ！　やってやろうじゃねえか！」

「やってやる！」

ユリアの甲高い声が、紡ぎ場に響き渡った。

三

「讃美歌が聞こえるじゃないか」

居酒屋の柱の周りを囲んだ環状のテーブルで、ザクセンビールのジョッキを緩やかに置きながら旅人が言った。

「そうかい？」

同じテーブルでやはり地酒を飲んでいた指物師のゴットヘルフが気のない返事をする。

「ほら」

中背で小太りの旅人は快活で溌剌とした表情だ。トランクや鞄、それに傘、外套など、空いた席のフロアにひと纏めにして置いている。

「耳を澄ませてごらん」

「あれはね」旅の客にアイスバインを運んできた酒場の亭主が言った。「織物工のザンクヴィッヒが死んだんだよ」

亭主が指物師に情報を伝えてやると、

「そうかい」ゴットヘルフは沈んだ面持ちでゆっくりと首を横に振った。「よく今までもったもんだ。亡霊みたいな姿でこのあたりをほっつき歩いていたけど、しばらく見ないな、とは思っていたんだ」

亭主はその場に立って話し出した。

「バウアー爺さんが言っていたよ。自分は長いこと生きてきたけど、あんな小さな棺桶は初めて見たってな」

何にでも興味を示す人の良さそうな顔つきで、旅人が亭主を眺めた。亭主は裕福そうなこの一見客に愛想を示して、

「なんでも、遺体の目方が九十ポンド足らずだったって」

「ほう」

旅人は出された豚の脚肉を食いちぎりながら、

「機織さん達はたいへんだよな」と、人ごとめいて言う。「特にこのあたりは窮乏しているように見えたが……」

「ペータースワルダウじゃ今日、大変な騒動が持ち上がったそうじゃないか、なあ、

お前」

亭主に話の矛先を向けられて、酒場のおかみがその続きを引き取った。

「今日は工場の納め日だから――」

納め日の様子がひとしきり語られると、指物師のゴットヘルフが見知らぬ客に織物工場の経営者の人となりを説明して聞かせた。おかみは続けて、

「なんでも新規に織物工を百人以上も雇い入れるって。それで騒いでいるのさ」

「そう」と亭主が話を受けた。そして前にいる常連客、一見客のいずれに聞かせるともなしに、

「あの旦那が百人欲しいと言ったら、三百人は集まるよ。とにかく連中は職に飢えているからな」

指物師は幾分愚弄気味の表情を見せて、

「ほんとにあいつらときたら、食うものもろくにないのにガキばっかり増やして、それであんた――おお、讃美歌が聞こえるぜ」

ゴットヘルフは側に立っていた亭主にソーセージを一皿注文し、

「まったく、食うものもなくて飢え死にしそうな奴らが、葬式となると楽隊を先頭に

列を作って大がかりに派手なことをやりやがる。牧師さんや参列者にも飲ませるわ、食わせるわ、けっこう金をかけるんだよね」

貪るようにアイスバインを食べていた旅人が指先をナプキンで拭きながら、

「で、貧乏人がそんな金をどこから出すのかね」

「そりゃあ、あんた、借金さ。どこぞの金持ちから金を借りて、結局遺族に大変な負担が掛かるんだ」

「そんな貧しい連中、誰もが貧乏だってことぐらいわかっているだろうに、なんでそんな見栄を張るんだね」

「いや、見栄なんかじゃない」と指物師のゴットヘルフは相手の言葉を打ち消した。

「見栄じゃなくって、そりゃ、やるべきことをやらないと牧師さんがいい顔をしない。神に仕える方はなんといっても権力があるからな、うん。身内をあの世に送るにも、浮世のしがらみってものがあるんでさあ」

そう言って入口を見ると、がに股の小柄な老人が入って来た。肩から胸に引綱を掛けている。襤褸屑屋だ。

「ああ、こんにちは。いつもの、あの並のやつを一杯貰おうか。おかみさん、お払いものはないかね？　お嬢さんは居なさるかね？靴下止めと綺麗なリボンを持って来ましたよ」

「そうそう、襤褸はあるよ」おかみが言った。「引き換えにホックと留め金が欲しいんだよ」

「どちらの留め金かな？」

と言っているところに、奥から酒場の娘が出てきた。旅人は俄かに調子づいて、

「おお、これは別嬪さんだ！　さぞかし客にも人気があるだろうな」

娘は口もとに柔らかな笑みを浮かべた。屑屋が袋に入ったものを手渡す。

「代金は飲んだあとで差し引きだな。せいぜい飲んでおくれ」

と亭主。

「いや、こりゃ、玉の輿間違いなし！」

旅人は続けて調子がいい。娘は小首を傾げてこの一見客を見る。

「ここらあたりじゃ、あのゲルトベジッツァーの旦那だって、酒場の娘さんを娶ったんだからな」

「へえ、あら、そうだったの？　よく知ってるわね」

「あのおばさんなんざ、こちらの娘さんに比べるとその容姿も翳ってしまうというもんだ。だのにお供を連れて、立派な馬車を乗り回していなさるんだから――」

「おお、ゾルゲのとっつぁん、いらっしゃい！」亭主が新たな客を迎えた。「バウアーのとっつぁんも随分久しぶりだねえ」

新たな客二人は、少し離れた壁際のテーブルに席を取った。

「たまには煤けたねぐらから這い出さんことにはなあ」

襤褸屑屋のボルンホーゼが二人を顧みて言った。ゾルゲ老人はおどおどした物腰で、

「また糸を受け取ってきたんだよ」

「手間賃十ベーメンで稼ぐんだって」

とバウアー老人が言う。ゴットヘルフがそれを受けて、

「僅かな金でも、ないよりはましさね。俺はゲルトベジッツァーの工場の人と懇意でな。この前にも二重窓の取り換えで工場長の家へ行ったんだけどな。その時にも、皆が可哀そうだからこそ仕事を回してやっているんだって言ってたね」

ゾルゲはバウアーと顔を見合わせ、

「ほう、そりゃ、情け深いことよのう」

亭主は機織工達に安物のブランデーを出してやり、

「ソルゲの家主さんよ、あんた一体、何日髭を剃ってないんだね?」

「なかなかいい髭じゃないですか」旅人が言った。「今風でない、文明人らしくない、こういう野性的な風貌が私は好きさね」

「何を言いなさる」ボルンホーゼが笑って対応した。「要するにここらの者は金がないから、床屋へも行けないし、剃刀だって買えないんでさあ」

「そうですかい。いやあ、私だって何も……どうだね、ご主人、あの髭の父さんにビールを一杯御馳走してあげて」

旅人のお世辞はさらに酒場の娘に向けられて、

「いやあ、娘さん、あんたは顔がきれいだし、それにまた髪の毛が――わたしゃ、ここへ入って来た時から目についていたんだけど、ほんと、肌だけじゃなく髪の毛にも艶があって、滑らかで、ほら、ふわふわじゃないか。こりゃもう…」

「あんたが入ってきた時は、この子はここに居なかったさ」

と言ったのは誰だったか、

「いや、そ、そりゃ、この娘さんがここへ入って来た時よ」

旅人は言い直す。

「ふふん」

と娘はまんざらでもないが、

「調子のいい殿方の言うことはほどほどに聞くもんさね」亭主は冗談交じりに娘を戒めた。「でないと、またおまえ、玉の輿に乗りたいような、身売り話を言い出しかねないからねえ」

「玉の輿に乗って、何が悪いね?」おかみが異を唱えた。「ゲルトベジッツアーの旦那の爺さまがそもそもおまえさんみたいな世渡り下手だったら、あの旦那だって今頃貧乏なバタンコだったかも知れん。あの、何て言った? あそこの坂の下のあの爺さんだって、元はと言えばただの機織工さ。それが世渡り上手だったがために、今のあの御身分、お屋敷までお持ちでないかえ? ええ? どう思う? ゴットヘルフの旦那」

「もっともだ。おかみさんの言う通りだ。俺だってあんたの御亭主みたいなまっとうなこと言ってた日にゃ、職人九人も使う身分にゃなれなかっただろうね」

「あんたはほんと、商売上手だ」からかい半分にボルンホーゼが口を挟んだ。「ここら辺りじゃ食えない貧乏人が次から次へと死ぬし、しかもまだそいつらが病の床で苦しんでいる内から、職人達に棺桶を作らせておくんだからなあ」

「商売やるからには、手回しってものが必要さ」

「その通りだ。手回しがいいったらありゃしない。人が死ぬことを医者より先に知ってるんだからなあ」

無理に笑顔を作っていた指物師のゴットヘルフが急に怒り出した。

「バタンコの中に盗っ人がおってよ、糸をしこたまごまかすのを、それをお巡りよりもよく知っているのは誰だ！　お前は襤褸屑を買いに来て、へ！　時には糸の束までくすねていくじゃねえか」

「ぬかせ！　とにかく死人が増えたらお前の商売も繁盛するんだ。子供が飢え死にしたら、棺桶屋は旨酒にありつけるって寸法さな。結構な商人だ」

「うるせいや！　ゲルトベジッツァーの旦那が、誰かが普請場の余った板を持って行きやがったと言ってた、あれもお前の仕業に違いない。そうだろう」

「何を言いやがる、この嘘つきめ！　悪魔にひっさらわれろ！」

「そっちこそ魔女に蹴られて動けなくなるがいい！」

亭主が旅人にビールのおかわりを持ってきたが、

「旦那、奥の部屋へ持っていきましょうか?」

「いや、ここでいいって」

旅人は娘のクリスティーネに色目を使っていた。そこへ百姓と山番とが入って来た。

「白ビールを二杯貰おうか」

「いらっしゃい」

亭主が注いだ飲み物を手にとって二人はジョッキを打ち合わせ、一口飲んだ。そしてそれをスタンドに置き、機織工が二人店に入って来るのを見た。

「失礼ですが、あなたはビュルガー伯爵のところの山番ですかい?」

と旅人が尋ねる。

「いや、クンデ男爵に雇われている」

「ふむ、そうですかい。この地方には華族様がたくさんおられますよねえ。それはそうと、その斧は用心のための武器ですか?」

「これかい? いや、これは薪泥棒が慌てて置き忘れて逃げたやつを分捕ったんだ」

「ここら辺じゃ、薪の取り締まりがえらい厳重だからねえ」とバウアー老人が言葉を挟んだ。「いや、旅の旦那、薪泥棒にも大泥棒とこそ泥がありましてねえ」

「ほう」

「盗んだ木で取引して、大儲けをした奴もいるかと思えば、一方でど貧民が五、六本薪を持って帰ろうとした日にゃ、それはひどい目に遭わされますで」

「そうだ」と、年寄りの機織工が話に割り込んできた。「わしらは小枝一本折っても罪になる。ところが旦那方は俺達からやれ売上税だ、やれ保護税だ、その上年貢だと取り立てて痛めつける。かてて加えて賦役に駆り出された日にゃ、僅かばかりの収入も途絶えてしまうじゃないか。まったくもって容赦なしだ」

ゾルゲ老人が口の周りを拭い、

「つまり、工場の旦那に金を絞られて、あげくお殿様にも体を持っていかれる、ということよ」

もう一人の機織の老人が、コップを持って傍のテーブルにやって来て、

「今年ばかりは賦役は勘弁して下さい、と俺はお殿様に直訴したんだよ。お願いです、お許し下さい、とな。あの洪水で僅かばかりの畑は水浸しになり、その分、昼も夜もぶっ通しで働かなきゃならない。ほんとに酷い降りだったよなあ……ほんとに、手を

こまねいて見ているしかなかった。山の上から土が流れてきて、家の中まで入る。大事な種が浮いて流れてしまったよ。ああ、神様、神様――空を仰いで泣くしかなかったね。まる六日だ、泣き暮らした。視力すら衰えたくらいだ。……で、水が引いたあと、手車でもう五十回も六十回も、坂道を上がって泥を運んだ」

するとと百姓が叩きつけるようにコップをテーブルに置き、食ってかかった。

「何をぬかすか！　洪水は天命じゃねえか。暮らしが思うようにならないのは誰のせいだ？　お前ら仕事がうまくいく時にゃ酒くらったり、博打を打ったり、有り金残らず使い果たす。ちっとも蓄えりゃしねえ。備えあれば憂いなしさ。蓄えがあったら、薪を盗むこともないんだ」

「きょう日のどん百姓は」機織の老人が大きく目を剝いて相手を指差した。「きょう日の百姓は殿様とグルになっていやがる。機織にあばら家を貸して、借り賃の納入が遅れると干し草や穀物の取り入れを手伝わせる。しかもタダでだぞ。それが厭なら出て行けって訳だ。どこでもそれだ、今時の奴は」

バウアー老人が怒って言った。

「俺達はリンゴの芯かよ、みんなして周りを齧りやがって！」

「なんだ、このくたばり損ないの役立たずが！」百姓がやり返す。「お前らに野良仕事ができるか。犂《すき》が使えるか。ええ？　畝《うね》をまっすぐにつけてみろ！　どうだ！　麦束を抱えて車の中へ積み込めるかってんだ。仕事もできねえくせに御托ばっかり並べやがって、この穀潰しが！」

百姓は一杯空けただけで、勘定を済ませて出て行った。山番も追って店を出る。店の主《あるじ》とおかみは場を繕うためにか、大笑いをした。旅人も一緒になって笑う。そして笑い声が止むと、なんとも表しがたい静けさが店内を支配した。ボルンホーゼは場に残った機織工の肩を持ち、

「あのどん百姓の牛野郎め、ここら辺の者が惨めな思いしてるのは、このわしだって知ってらあ。あっちの村で目についたんだが、おめえ、子供が三人も素っ裸で一つの布団で寝ていたさ」

あんたがたよそから来た人はよく知らないだろうが、とボルンホーゼは旅人に語りかけた。誰それは、子供が外でアヒルと遊んでいるうちに土間にぶっ倒れて死んでしまった。子供に乾パンを食わせるために、あいつは壁を食っていたんだ。そりゃ、長くはもたないさ――事情を調べるためにお役人がやって来る。ああいった偉いお歴々

は実際に見た者よりもよく知っているような顔をするもんだ。ど貧民の暮らしぶりなんかろくに見もしないで、立派な人達の地域だけを見て回る。そりゃあわしらの所までやって来て、ピカピカの上等な靴が泥まみれになるのは厭だもんな……。それで恵まれた人達の暮らしぶりだけをお上に報告する――

「川のこちらのポツポツと小屋の立った辺りまで見に来てくれりゃあ、少しは本当の報告もできただろうに」と機織工が言葉を継いだ。「狭い横道へ入りこんで、真っ黒に煤けた藁小屋の中まで覗いてくれたら、そりゃあ本当の暮らしをお目に掛けられただろうに」

「あれは何だね？」

旅人は外に耳を澄ませた。機織の歌が聞こえる。店の主は首をゆっくり横に振って、

「またあんな愚にもつかぬ歌をうたっていやがる」

指物師のゴットヘルフは肩を竦めて、

「あいつら、村中をひっくり返す気かよう」

「またひと騒ぎ始めるつもりかねえ。なんだってもう……」

とおかみが言っているうちに、もうユリウス・イェーダーマンと屈強のヴォルフガ

ングが腕を組んで、若い一団の先頭に立って酒場へやって来た。

「歩兵隊、止まれ！」イェーダーマンが号令めいて声を発する。「着席ぃ！」

入って来た若者達はてんでにテーブルに着き、ある者は前からそこにいた機織工と言葉を交わす。ボルンホーゼがヴォルフガングに声を掛けた。

「これは一体どうしたんだね。何が始まるっていうんだ？　こんなに大勢顔をそろえて…」

ヴォルフガングはふんぞり返って、

「へ！　いずれただじゃあ収まるまいよ。なあ、ユリウス」

ボルンホーゼは何かを予感したように、恐怖と不安のないまぜになった顔つきで、

「なんてことだ、な、なんてことだ。いいか、ばかなまねはするんじゃない。血を見ることになるぞ」

「もう血は見たぜ」

ヴォルフガングは袖を捲りあげて、まだ血の滴っている腕の彫り物を見せた。

「そ、それは……」

他のテーブルの若い機織達も同じように腕を捲り、真新しい彫り物を出して見せる。

「お、お前達、なんてことを――何を考えているんだ」

「土細工師のおやっさんに彫ってもらったんだ。あのおやっさん、昔は彫り物師だったんだよ」

ボルンホーゼは不機嫌な顔で、

「そうか、それでわかった。どこもかしこも騒がしいのは、お前らみたいならず者が寄ってたかって……」

「御亭主！」艦褸屑屋には目もくれずにユリウス・イェーダーマンはすっかり成金気取りだ。「ブランデー一本持ってきておくれ。俺の奢りだ。みんな、どんどんやってくれ」

旅人は人懐っこい笑みをイェーダーマンに向けて、

「お若いの、こう言っちゃ何だが、ずいぶん景気がいいようだね」

相手は声音を使っておどけてみせた。

「まあねえ、わたくしは既成服の卸業者でございましてなあ。ま、そのぉ、儲けは工場主と半々に分けまして、ええ、機織工が痩せれば痩せるほど、わたくしは肥え太っていくのでありまして、ええ、貧乏人が難儀をすればそれだけこちらの財布は重くなるのでございますよぉ、まあ、そんなとこで、旦那方、へ、へ、へ」

「よォ、うまい、うまい！」若い機織工が囃しを入れた。「いいぞ、兵隊屋！」

安物のブランデーを二本持ってきた亭主は瓶を置くと両の手を腰に当て、その大きな体を若者達の前に仁王立ちにして見せて威嚇した。

「お前ら、この旅のお方に食ってかかるんじゃないぞ。この旦那はなんにも悪いことはしてないんだからな」

「俺たちだって」

「俺たちだって」

二人の若者の言葉が重なった。一人は口を引き、もう一人が、

「なんにも悪いことしてないよ、なあ」

主の妻が何か旅人に囁きかけたかと思うと、その飲み物の器を別室へ運んで行った。旅人はその後からついて行く。機織達がどっと笑った。そして一人が歌い出す。

——さあ、パレードだ、パレードだ。

血祭りパレード、見においで。

「やめろ！」主が制した。「歌いたけりゃ、外へ出ろ。俺の店じゃ許さん！」

「そうだ、ここではやめろ！」と、年老いた機織工が諫めた。「その歌はよくない」

ヴォルフガングが吠えるように叫んだ。

「ゲルトベジッツアーの館の前でもう一度やろう！　もう一遍あいつにこれを聞かせてやろうじゃないか！」

「やめておけ」今度はゴットヘルフが若者達を抑えようとする。「あれを怒らせたら、厄介だぞ」

若者達は笑い出した。高らかに笑う者あり、嘲って笑う者あり――するとそこへ鍛冶屋のシュミットが入って来た。白髪混じりの頭に帽子こそ被ってはいないが、胸から膝までのエプロンその他、いでたちは仕事場から出て来たままである。顔も煤けて黒い。

「こいつらに勝手にやらせておけ。ゲルトベジッツアーの旦那にどれだけ根性があるか、見物だね」

おお、シュミット、シュミット、シュミットが来たぞ――年取った機織工達の間で声があがった。

「こっちへ来いよ、シュミット！　ここへ座れって」

「俺の酒を一緒に飲もうや」

「いや、そっちの酒はそっちで飲め。俺が飲む分は俺が払うさ」

そう言うと鍛冶屋は注がれたコップを持ってバウアーとゾルゲの傍へ行った。

「いいもん食ってるか？　ゾルゲの爺さんよ。あいかわらずキャベツの漬物か？」

「その他に食いたい物があったら、どうすればいい？」

ゾルゲに代わってバウアーが言葉を返すと鍛冶屋のシュミットはおどけたような笑い声をあげて、

「は、は、はあ、みんな聞いたかよ。バウアー爺さんが一揆を起こすってよう。面白いじゃないか。このまま行けば山羊も羊のこわっぱも、一揆だ一揆だと立ち上がるぜ。面白くなってきたじゃねえか」

「何を言うか、シュミット。俺はなにも、騒ぎを望んでいるわけじゃない。今まで通り穏やかなのが一番さ」

鍛冶屋のシュミットはぐいと一口大きく飲んで、

「いやいや、とても穏やかには収まるまい。どこの国でもこういうことが穏便に収まった試しがない。そうだろう、フランスにあっても何が無事に済んだか。ロベ…うん？　ロベピエロ？――」

「ロベスピエール」

と酒場の主人がその名を言ってやると、

「そう、そのピエールが、お前、金持ちさんの御機嫌伺いをやったかね。やっちまえ、ばらしちまえ、とこうだ。ギロチン、ギロチン、シュルシュルシュ！」

ギロチン、ギロチン、シュルシュルシュ――若い機織工達が唱和した。

「俺は――」

と、老いた機織が愚痴をこぼし始めると若者達の戯《ざ》れ囃しが止んで、

「俺はもう顔まで水に浸かって、背伸びして口だけ出してる、そんな状態さ」

あとの方のもの言いにもう一人の老人の言葉が重なり、

「もう家に帰るのも厭だな。仕事をしようが、寝ていようが、餓じさに代わりはない」

「家にいたら、気が狂うよ」

借地家主のゾルゲは沈痛な面持ちで、

「もうこうなったら、何が起こっても驚くもんか」

年をとった機織工達の間で、次第に怒りの空気が熱く高まって来た。

もう働く気にもならん——どこにも心安らぐ場所はない——俺の村では一日中丸裸で川の水を浴びてる女がいるよ、すっかり気が狂《ふ》れてしまったんだな——

　すると一人の老人がまるで霊感にでも打たれたかのように立ち上がって、威嚇する仕草で天を指さし、

「神の御言葉を告げる！　聞け、裁きの日は近し！　富める者、この世に冠する者は災いなるかな！　天なる父は…天なる——」

「とうとう気が狂れたか、あの爺さんも」

「なんの、あいつはちょっと酒が入るとああなんだ」

　されど彼らは神を恐れず——と老人は続けた。地獄をも知らず、天国をも見ざる哀れなる輩よ。信仰を嘲る者、笑う者は——

「もういいって」

と誰かが言った。

「たくさんだ！」

と他の者。ところがヴォルフガングはからかう様子も見せず、

「いいじゃないか、やらせておけ。胸に迫る奴もいるかもしれない」

老人の説教は一段と音量が上がり、

「地獄はその大口を開けり。さりて諸々の悪人どもを呑み込まんと欲す。主《しゅ》はのたまえり。汝、惨めなる者の身ぐるみを剝ぎ、悩める者をいや増して苦しめぬ。懲らしめを、懲らしめを甘んじて受けよ！」

一段とざわめきが起こった。老人の説教には奇妙な節がついて、

——あってたまるか、こんなこと、
麻織工の手仕事は、
軽んぜられて、軽んぜられて……

「俺達は木綿織りだぞ」

と誰かが冷やかす。哄笑が起こった。

「麻織工も惨めなもんだぞ」

「いや、あいつらの方がもっと酷いかもしれん」

「そうだ、幽霊みたいに山の中をほっつき歩いて……ここらの若い者の方がずっと活力があるでな」

その活力のあるならず者ヴォルフガングが酒を呷って、

「バタンコなんて、そのうちにパン一切れで仕事するようになるって、そんなふうにぬかしやがったんだぜ」

途端に喧騒が渦を巻いた。酔いか怒りか、すでに顔を真っ赤にした若者が、

「なんだと？　誰がぬかしやがった？」

「ゲルトベジッツァーに決まってらあ」

「くそ、あのイボイノシシ、大木の太枝にぶら下げろ！」

「人間サンドバッグだ、ボム、ボム、ボム！」

「パンチですむか、斬れ！　逆さに吊るして、斬って、斬って、斬りまくれ！　血を全部抜いてしまえ！」

「おい」と一人が諫めた。「静かにしろ」

憲兵のダッハマンが酒場に入って来た。

「しいっ、しっ。お巡りだぞ」

一座が鎮まった。ダッハマンは悠然と、真ん中のテーブルに席をとった。

「ブランデーのいいやつを一杯貰おうか」

一同は改めて静まり返った。誰も話そうとしないのを見て、鍛冶屋のシュミットが

憲兵に声をかけた。

「なあ、お巡りさん、いやさ、ダッハマンよ。俺達が集まったのを見にきたのかね。集会でもやると思ったのか？」

憲兵はシュミットを無視して、

「お元気ですかな、ゴットヘルフの親方」

指物師はカウンターの端から体を捻って見返り、

「ありがとうよ、ダッハマン」

「商売はどうかね、景気はいいか？」

「ああ、まあ……ありがとうよ」

若者の一人がふざけて、

「警視総監殿が心配して下さってますぜ。俺達が賃金をたくさん取って暴飲暴食、腹を壊しやしないかってな」

若い織物工達がどっと笑った。さらにユリウス・イェーダーマンが調子を合わせて、

「なあ、酒場の御主人。俺達はみんな豚のステーキに肉団子、それにザウアークラウトをしこたま食ったよな。これからさらにシャンパンを追加して抜こうというところ

さなあ」

またしても哄笑が起こる。

「お日様は誰にでも、分け隔てなく照ってくれるし」

年老いた機織がそう言うと、憲兵のダッハマンはふてくされた表情で、

「あんたがたはシャンパンでもステーキでも、お好きなように召し上がれ。俺はそんな贅沢しなくても、まともに仕事して生きていけるんだよ」

「まともな仕事だってよ」ならず者のヴォルフガングが絡んだ。「俺達がまともに働いていないとでも言いたいのか、ええ、お巡りさんよう」

すると鍛冶屋のシュミットが毒づいて、

「憲兵さんも、辛いお仕事さ。身寄りのない、飢えた子供を豚箱にぶち込む。若い娘だったら、汚れていても触ってやらねばならない。酔っ払ってはその辺の年寄りを殴り飛ばす。お勤めといっては乗馬を楽しんで、翌朝は遅くまでお休みになる――」

これを聞いた憲兵は穏やかではなかった。

「ぬかせ！　せいぜい今の内にほざいておくことだな。そのうち手が後ろに回るぞ。お前の素姓を人が知らないとでも思っているのか。昔ある男がな、飲み屋に入り浸っ

ては人をそそのかし、愚民を焚きつけて歩いた挙句、牢屋にぶちこまれてしまったさ。古女房は養老院送りさ。お上の耳を侮るな！　天網恢恢疎にして漏らさず――」

これを聞いて、酒の回ったシュミットがおもむろにごろつきだした。

「うす汚ねえスパイ野郎が！　生まれは貧乏たれのくせにお上に尻尾振って甘い汁ばっかり吸いやがって！　旦那衆にあることないこと垂れ込んでは、百姓どもを焚きつけて俺のところへ仕事が来ないようにしやがった。車の箍《たが》も馬のひずめも、とんと注文が来んと思ったら、走狗のはした野郎が裏で工作していやがったのだ。なんでだかわかるか、ええ？　皆の衆」

「その話は何遍も聞いたさ」

機織工達が口ぐちに嘲った。

「耳にタコができる位、聞かされたよなあ」

「は、は、は」

「つまり、こうだろう」と一人が本人に代わって話す。「腹をすかした知恵遅れの子供が、人様の畑から大根を一本引っこ抜いて食おうとした。すると正義のお巡りさんがこれを見つけて、手持ちの鞭でそのガキを思う存分引っ叩いたんだ。この騒ぎを聞いて駆けつけた力自慢の鍛冶屋がよ、畏れ多くも憲兵様を馬から引き摺り下ろして、汚ねえ泥の中を引き摺り回した。そのツケが回ってきた、という訳だ。どうだ？　違いなかろう」

一同は声をあげて笑い、中には手を叩く者すらいた。

「だけどよ」ヴォルフガングは機嫌の良い笑い顔で、「その正義のお方はなんで与太者の鍛冶屋をその場で御縄にしなかったのかね？」

「憲兵さんは御一人だったんだろ？」

とイェーダーマン。ヴォルフガングはイェーダーマンに向かって、

「おい、ユリウス。お前、軍人の分際で、憲兵様にそんなこと言っていいのかい？」

「何だと？　俺は確かにこの辺の貧乏人の出身だが、こう見えても今では中尉殿の従卒だぜ。そんじょそこらの二等兵巡査にこの俺がパクれるとでも思っているのかよぉ？」

場に居る者達はみんな、してやったりの喝采だ。ダッハマンは苦々しい表情で頬を小刻みに痙攣させ、

「俺は尉官殿の鉄砲持ちなんかに用はないんだ。この辺りのバタンコどもに忠告する

ためにやって来たのさ。――いいか、与太者達。言っておくぞ。あの歌を二度とうたうな！　あのゲルトベジッツァー賛歌とかいうやつだ。あれは署長が禁止したんだ。今後あのくだらん歌をうたいながら往来を歩いたら、みんな雁首連ねて牢屋へぶち込まれるぞ！　監獄にはステーキもシャンパンもないからな。は、は、パンと水で元気をつけて、せいぜい四角四面の壁に囲まれて、歌いたいだけ歌うがいいさ」

そう言い残すと憲兵のダッハマンは逃げるように酒場から出て行った。その背中に向けてシュミットが、

「禁止だと？　上等じゃねえか！　ますますやってやろう。ゲルトベジッツァー館の窓ガラスがビンビンいう位歌ってやろうぜ。畜生め！」

屈強のヴォルフガングが立ち上がった。手を大きく振って合図をすると、自ら腹の底から湧き上がるその声でリードを取って歌い出した。

工場主の旦那様、
なま爪剝ぐのが、彼の趣味。

若者を始め、老人達も歌に加わる。酒場の亭主は止めようとするが、もはや手のつけようもない。大きな身振りで両手を広げると、亭主は隅の方の空いている椅子に腰を落とした。

生き身の皮剝ぐ、子分達。
呪いの報いが血祭りだ。

ヴルフガングが合図をすると、機織工の一群は立ち上がって彼とイェーダーマンのあとについて行く。

さあ、パレードだ、パレードだ。
血祭りパレード、見においで。
血祭り男、それは誰?
工場主の旦那だよ。

二、三人が勘定に手間取っている間に、他の者達はすでに路上に出て歌っていた。

　鼻は潰れて、前歯は折れて、
　首は傾き、目は片目。
　頭割られて、滴る血。
　これが旦那に分相応。

歌声が遠のいて行く。部屋の中には酒場の夫婦とその娘の他に、襤褸屑屋のボルンホーゼとバウアー老人だけが残って、ただ茫然としていた。主は食器を片づけながら、

「やれやれ、奴ら、どうも今日は調子が普通じゃないぞ」

バウアーは店を出て行こうとした。その老人にボルンホーゼが声を掛け、

「なあ、一体何が始まるんだね？」

「おそらくゲルトベジッツァーの所へ行って、賃金の値上げを掛け合うんじゃないかな」

「おまえさんはどうするのかね？　あの連中に加わるのか？」

「どうしようったって、ボルンホーゼ。そうさな、老いては子に従え、というところかな、うん」

ややうろたえた素振りを見せて、老人は去った。ボルンホーゼも立ち上がりながら、

「どうも悪い予感がするな。血が流れなきゃ、いいんだが……」

店の主は半ば諦め顔で、

「あの爺さんまでが、そんな気になっているんだからな。まあ、追い詰められたら、窮鼠猫を噛むって言うからな」

「そうさな……誰だって生きようとするよな――」

四

贅沢に飾られた工場主の居間に牧師とその助手が入って来た。天井は純白、壁は銀白色で、小さな花がらが散りばめられている。対照的に暖色で彩られた分厚い絨毯を踏んで、牧師が軽やかに話しかけた。小柄で楽観的な風貌だ。

「まあ、そうだよ。若い頃には誰だって疑問の一つや二つは抱くものさ」

そう言って牧師は葉巻の灰を、テーブルに置かれたクリスタルの灰皿に落とした。そして言葉を続け、

「だがな、年を取るにつれて、なんとしてもクールに物事を見るようになってくるのだよ。そりゃ、私なんか、三十年以上もこの職に、と言おうか神に仕えてきたのだからね。説教壇に立って、後ろに神様、前に人間とくると、いや、そりゃもう、清濁合わせ飲むというのが自分の勤めというふうに思われてくるのさ」

助手、すなわち牧師試補は二十歳そこそこだろうか、蒼白くてひょろりと背の高い、金髪の青年だ。いらいらして、態度が落ち着かない。

「おっしゃることはよくわかるのですが、先生、どうも腑に落ちないですね。やはり、人の性情はさまざまと言いましょうか……」

牧師は自分の肩の位置ほどもある大きな金庫に手をついて凭れかかり、

「なあ、フォーゲルワイデ君。そりゃあ、若い精神が動揺するのは解るが、何者に対しても攻撃的になってはいけない。と言ってもまあ、年を取っていても攻撃的な輩もいるがね。教会の扉に檄文を書き殴って民衆をアジテートするとか、それはそれでマクロに政治的なメリットはあろうが、しかしミクロな見方をすれば、それこそこの辺りの織物工の厄介は少しも改善されてはいない。戦闘的なスピリットは徒《いたずら》に平和を掻き乱すだけだ」

そう言って姿勢を変えて、牧師は壁の絵に視線を移した。金色の額に入った、何とはなく粗末な印象を与える肖像画だ。モデルの恰幅のいい紳士にも、いまひとつ品性が感じられない。助手に向き直って言葉を続け、

「畢竟我々は魂を救う職業人であって、胃袋を救うことはできないのだよ。仕立屋は服を作るが靴は作れない。靴は靴屋に任せなければ……」

フォーゲルワイデ青年はやや俯き加減に沈んだ面持ちで立っている。

「ただひたすら、神の道を説くしかないのだよ。神は飛ぶ鳥に塒《ねぐら》を与え、野の花を枯らせはしない——」

壁と同じ銀白色の扉が開いて、牧師夫人が入って来た。続いてゲルトベジッツァー夫人も入室する。痩せて弱々しげな牧師夫人とは対照的に、大柄で派手ないでたちの工場主夫人はいかにも存在感がある。

「奥様」と牧師が丁重に声を掛けた。「御主人はどこへ行かれたのでしょうね？」

「あの人のことですもの、何かを思いつくと、すぐに私をほったらかしにしてさっさと出て行ってしまうのですよ。どこへ行っているものやら、何も言わずにふっといなくなる……」

「事業家ってのは、そんなものなのですよ。——どうしたのかね、フォーゲルワイデ君？」

金髪の青年は怪訝そうな表情で、

「階下で何か、持ち上がったのじゃないですか？」

「何だろう？」

「おい！」荒々しくドアが開いて、いきなり工場主が姿を現わした。せかせかと興奮気味だ。「ベッティーナ、コーヒーを淹れてくれ」

夫人は顔をしかめて、

「どうしたのよ。人が話をしている最中に割って入って」

「ええい、いちいちうるさいな！」

「失礼ですが、ご主人。何か不愉快なことでも？」

人の良さそうな牧師はまるで屈託がない。工場主はいらいらして、

「不愉快といえば、毎日が不愉快の連続でさあ。神様がこのわしに、選りにも選って不愉快をお恵み下さるのかね。おい、ベッティーナ、早くコーヒーをくれよ」

夫人は口の中でぶつぶつ文句を言いながら部屋の隅へ歩いて行って、飾り房のついた呼び鈴の紐を手荒に何度も引いた。工場主は絨毯を踏みしめて歩きまわり、

「あの騒ぎだ、畜生！　フォーゲルワイデ君、君に見せてやりたい、いい経験になりますぜ。まったく、ああ……」

落ち着きなく窓辺に身を寄せた。カーテンをずらして屋外を覗く。

「畜生め！　おい、ベッティーナ。お前、あの調子づいてる野郎を知ってるか。あのやくざ面したでっかい奴だ」

「あれが例のヴォルフガングよ。態度のでかいならず者――私に対しても無礼を働いた――」

「どんな無礼を働いたんだ？」

「まあ！　前に言ったじゃないの、もう忘れたの？　それとも例によって人の言うことを聞いてなかったのか」

「どんな無礼だ？」

「いいわよ、もう！　どうせ言ったたって……」

「何をそんなに怒ってるんだ」

主は再び部屋の中を右往左往歩き始めた。そしてたまたま肖像画の横に立ち止まった時、フォーゲルワイデ青年はその粗末な絵のモデルがゲルトベジッツァー自身であることを確信した。

「もう我慢がならない」

と主が言う。牧師はその持続する腹立ちに感化されたのか、ただの追従ではなく憤然と、

「乱暴にも程がある！　これはもう、我慢の限界を越えていますよ。正直言って、も

はや警察の力を借りる段階まできているのではないでしょうか」

そう言って窓辺へと歩んだ。カーテンをめくって、

「フォーゲルワイデ君、見たまえ。若い血気にはやった連中ばかりじゃない、年寄りの、当然分別を持って神のもとへと召されるべき日も近いような、あんな老人までもが一緒になって騒いでいる。ほら、あの、あそこ、長年信心深い感心な信者だと思っていた、あの爺さんまでもが混っている。これは冒瀆行為だ！　前代未聞の暴動だ！これを見ても、なおかつ君は彼らの肩を持とうと言うのかい？」

「いいえ、先生。僕は暴動のお先棒を担ごうなどとは思っていません」青年は真剣に言い訳を述べた。「ただ、言葉ではよく表わせませんが、なんと言おうか――彼らは飢えています。そしてなによりも無知なのです。ああしたやり方しか…ああしたやり方以外に自分達の不満を表明する手段を……その、知らないのですよ。あの人達みんながみんな――」

「やめて、おやめになって……」痩せた小柄な牧師夫人が助手の言葉を遮った。「やめて下さい、試補さん――」

さらにゲルトベジッツァーがその言葉すら遮るように、

「まったく、いやはや、フォーゲルワイデ君。悪いけど、俺は人道主義の講義を聴こうと思って君をこの家に入れたわけじゃない。ああ、そうだ。君の担当は子供達の教育だよ。勉強を、そして行儀をこそ教えてほしい。ゆめゆめ今言ったようなことを子供に吹き込んでもらいたくはないんだよ。いいかね？」

家庭教師の青年は、病人のように蒼ざめた顔で力なく雇い主を凝視した。そして作り笑いを浮かべて浅くお辞儀をすると、

「はい、ええ、よくわかりました。覚悟はできております。いや、ほんと――」

そう言って足早に部屋を出て行った。その所作がなお一層主人の怒りを掻き立てたか、

「危険思想を子供達に吹き込まれてはかなわん。たまったもんじゃない！」

工場主の夫人は感情の激した夫に対して、なんとか家庭教師との間を取り持とうとした。

「ねえ、あなた。試補さんは決して外で騒いでいるような、あんな手合いではありませんよ。なによりもあいつらとは教養が違う。それになんといっても神に仕える身だから――」

だが夫人の執り成しは逆効果をもたらした。夫はますます感情が昂って、

「なんだと？　何を言っているのだ、おまえ！　あんな奴を庇う気か？　あいつは表にいるあの下衆《げす》共、あのごろつき達を弁護したんだぞ！」

「でも……」

「牧師先生、あなたの助手はやくざ者を弁護したでしょう。しませんでしたか？」

「ゲルトベジッツァーさん、まあ、勘弁してやって下さい。若気の至りですよ」

横合いから牧師夫人が言葉を挟んだ。

「どうしてなんでしょうねえ。あのお若い人のお家は結構上流のお家柄ですのにねえ。あの人のお父さんはお役所の偉いさんだし、お母さんだってここの奥様のお知り合いでしょう。御子息がここの家庭教師をなさるに当って、とても喜んでいらしたのにねえ。こんな位のことでこのポストをふいにするなんてなんとも……」

「旦那、旦那！」大声で入ってきたのは経営主任のライヒマンだった。「捕まえましたよ、一人捕まえました。来て下さい！」

「おお、捕まえたか！　警察へは知らせたのか？」

ライヒマンは手柄を自慢するかのように胸を反らせて、

「署長さんがもうすぐ到着しますよってに、お呼びにあがったんですよ」

ゲルトベジッツァーは玄関へと急いだ。待つ間もなく警察署長が到着した。

「いやあ、これはもう恐縮で、署長。御足労かけました」

署長を連れて主が部屋に戻ると、その妻と牧師夫婦は座をはずしてその場にはいなかった。ゲルトベジッツァーはさらに興奮した口調で、

「署長、とうとう捕まえましたよ！　内の用心棒が歌の張本人の一人を首尾よく捉えたのですよ。もう本当に…」大きく息を吸って工場主は、警察署長に怒りをぶっつけた。「調子に乗りやがって、あのならず者どもが！　ひどいもんだ、内に客があるというのに、俺を侮辱する歌をうたいやがって。あいつら、家内が外にでると面と向かって無礼を働くし、このままじゃ、子供の命も危ぶまれる。客だって身の危険を感じますぜ。あのような塵屑どもは警察の力で一掃してもらわねば……」

水太りというよりも血太りに太った署長は、腰のサーベルの柄に手を置いて安らいだ姿勢で、

「まあ、安心して下さい。警察を信頼してもらいましょうか。いや、ほんと、一味の者をよく取り押さえて下さった。これで面倒…いや、事件が一段落すれば、それはこ

ちらだって大助かり――管轄内に不穏分子が若干名おるという情報はすでに摑んでおりまして、もうとうからそいつらに目を付けていたのですがね」

「うん、嘴の黄色い青二才が偉そうに一丁前の口を利きやがって、あいつらは仕事が嫌いで素行不良で、酒を食らっては持ち金を全部はたいてしまう、その挙句が人に毒づくのが商売みたいな――そう、百害あって一利なし！　徹底的に叩き潰さなければなりますまい。俺一人の為じゃない、世の為人の為……」

主がもはや言うべき言葉を見つけられなくなった折、警察署長がそれを受けて発言した。

「そうだ。そうですとも、ゲルトベッジッツァーさん。事が大きくならないうちに、今のうちに叩き潰す――これが大事なんですよ、芽のうちに摘まなければ、後になっては厄介だ。うん。芽を摘むのが肝要なんだ、治安の維持に関してはね。力の及ぶ限り協力しましょう。いや、協力者はそちらだな…」

「あんなごろつきどもには容赦なく鉄鎚を下さなければ」

「そうですとも。みせしめにひとつ、酷い目にあわせましょう」

憲兵のダッハマンが入って来た。二人を前に直立不動の姿勢をとる。

「署長、報告します！　一人検挙しました！」

幾人かの足音が乱暴に階段を上がって来た。ゲルトベジッツァーは舌舐めずりするかのような笑みを浮かべて、

「ようし、そいつの面をみてやる」

「うむ、御面相拝見といきましょう。自分がすべて取り計らいますから、あなたは手を出さないで下さい。お気に召すように致します」

「ぜひ検事局へ送ってもらいたい」

二人の用心棒がその男の両の腕を捉え、もう一人が後ろから襟首を掴んで部屋へ入って来た。捕らわれた男は帽子をあみだに被って、せせら笑っている。相当酔っているのだろう、アルコールの匂いを撒き散らして呼吸が荒い。

「よう、工場主の旦那よ。こんな暴力団を三人も雇う金があったら、工員達にもうちょっとましな賃金を出したらどうだ、ええ？」

「お前らのような与太者どもが暴れるから暴力団、いや、こういった人達の手を煩わせなきゃならんのだ」

署長の指図で三人は手を離した。ユリウス・イェーダーマンは自由の身になって右、

左と肩を回す。用心棒の一人が雇い主の横に身を移し、あとの二人は戸口を固めた。

警察署長が怒鳴り散らす。

「帽子を取れ、この野郎！」

イェーダーマンは皮肉っぽく笑いながらゆっくりと帽子を取り、その腕を自分の腹の前に体を二つ折りにして深々と身を屈めてみせた。

「名前は？」

と署長が訊く。

「人の名前を訊く時には手前《てめえ》の名前を先に言うのが常識だろう」

「なんだと？」署長は顔色を変えた。「この野郎、痛い目に遭わされたいか！」

一同はざわめいたが、イェーダーマンは鼻先でせせら笑って動じはしない。この時、女中が盆の上に客用のコーヒーを乗せて入って来た。イェーダーマンは他の者の頭越しにこの女に向かって、

「よう、姐さんよ。早いとこ暇貰ってここを出て行ったほうがいいぞ。じきに嵐がこの中を吹き抜けて、何から何まで吹っ飛ばしてしまうからな」

女は主の顔色を窺った。立ち去るように、とゲルトベジッツァーが合図をする。女

がそそくさと逃げるように去って行くと、捕らわれの者に向かって、

「俺はお前らと違って善良な市民だからな。法に則って貴様をぶち込んでやる」

この時ダッハマンが卑屈な物腰でおずおずと口を挟んだ。

「あのう、こいつはユリウスなんとかという名前で、中尉とか少尉とかの鉄砲持ちをしている下っ端の兵隊なんですよ」

イェーダーマンは憲兵の足元に唾を吐いた。

「こら！」ゲルトベジッツァーが顔面を真っ赤にして怒鳴る。「この綺麗な絨毯の上に唾を吐く馬鹿者がどこにおるか！　手前らが寝泊まりしている馬小屋じゃねえんだぞ！」

「我慢ならん奴だ。こんな非常識な奴…といっても無学な犯罪者は非常識に決まっているが――おい、貴様の名字は？」

最前から応接室のドアを細目に開けて中の様子を窺っていた牧師がそっと室内に入り込んで来た。いささか緊張した面持ちで、

「この男はイェーダーマンというのですよ、署長さん。ユリウス・イェーダーマン――」

そう言って捕らわれの男に向かい、

「おい、ユリウス。ユリウス・イェーダーマン。私を覚えているか？」

すると相手は初めて真面目な表情になって、

「あなたは教会の牧師さんだ。名前…ええと、何ていったっけ？」

「まあ名前はいいが……とにかく君の魂を救う人物だ。赤ん坊の時に君はこの私によって洗礼を受けたのだぞ。神様の言葉を私は君に伝えようと、一生懸命努めた。その挙句がこれか？　ああ、嘆かわしい！」

暴徒のかたわれは複雑な表情で牧師を盗み見ていた。牧師はさらに言葉を続けて、

「君は、いや、君達は一体何という馬鹿げたことを考えているのだ？　行いを慎みなさい。主なる神のもとに跪き――そうだ、跪いて……昔の誓いの言葉を思い出すがよい。神の掟に従って、正しく信仰に生きなければ……」

「先生、僕はフイフイ教に改宗したのですよ。もはや…」

「何だと？　フイフイ教だ？」

「はい、だからもうキリスト教会の教えには無縁なのです」

牧師は怒りを隠そうとはしなかった。顔面はおろか首筋まで赤くして、

「何がフイフイ教だ！　いやしくもドイツ…ドイツ国民がフイフイ教などに——二度と言うな！　その名を二度と口にしてはならぬ！」

「失礼ですが、先生」警察署長が二人の間に割って入った。「おい、ダッハマン。こいつの手に縄をかけろ！」

この時戸外で怒号が起こった。

「ユリウス！」

「ユリウスを出せ！」

ゲルトベジッツァーは驚き、その驚愕は狼狽へと変わった。早足で窓際へ歩み寄る。他の者達も同様に窓辺へ寄った。

「どうしろって言うんだ？」

工場主の言葉にも動ずることなく署長は、

「そう来るだろうとは思っていた。こいつを取り戻そうとしていやがるんだ。そうはいくか！　おい、ダッハマン。即刻この野郎を牢屋へぶち込め！」

憲兵は縄を持ったたまま躊躇逡巡している。そしておずおずと、

「署長、お言葉ですが……こいつを連行するのは、それはいささか難しゅうございま

す。なにしろあの通りの人数で、しかも選り抜きの乱暴者が揃っておりますよ。ヴォルフガングが先頭に立っているし、あの鍛冶屋の爺も血の気が沸騰している。それにあの、なにもいるし……」

「署長さん」牧師が口を挟んだ。「さしでがましいことを言うようですが、この際群衆を刺激しない方がいいのではないでしょうか。穏やかにことを運ぶ——例えば捕縛者を説得して、自発的に同行を承諾させるとか……」

「何とおっしゃる！　犯罪者が自ら牢屋へ足を運ぶとでも？　そんな生ぬるいことを言っていた日にゃ、犯罪はなくなりゃしませんよ。強行あるのみ！　さあ、ダッハマン、早くしろ！」

ユリウス・イェーダーマンは笑いながら、両の手を揃えて付き出した。

「さあ、縛れ！　しっかりと強く縛るんだぞ。どっちみちそう長い間でもあるまいが」

ダッハマンは指先が震えて、うまく縛れない。イェーダーマンは声をあげて嗤い、

「何をしているんだ、お前？　今からそんなだと、これから群衆の中をとても歩いては行けないぞ」

工場主の用心棒の一人が手を貸した。二人して縄をかけ、縛りあげる。そして縛ら

れた者の背中を署長が小突き、

「さあ、歩け！　歩くんだ。――ゲルトベジッツァーの旦那、もし御心配なら、お宅のガードの者達を付けて頂きましょうか。こいつを真ん中に挟んで行きましょう。私が騎馬で先頭に、そしてダッハマンに後ろを固めさせる。邪魔する者は容赦なくぶった斬るぞ！」

階下でまたしても叫び声が起こった。

「ユリウスを出せ！」

「ユリウスを返せ！」

警察署長は窓を開けて、下へ向かって脅すように、

「くそ野郎めが！　今に見ておれ。お前達も一網打尽で牢屋行きだ！」そして皆の者に向かってサーベルを抜き、「よし、行くぞ！　引っ立てい！」

先頭に立って出て行った。他の者達はイェーダーマンを引っ立てて続く。引き摺られながらもイェーダーマンは笑いながら悪態をつく。

「よォ、ゲルトベジッツァーの奥さんよォ。俺の親父を覚えているだろうな。親父が安酒場で安酒を食らってた時、あんたはしょっちゅう給仕してくれたのだってな。若

い者が昔を知らないなんて思ったら大間違いだぜ」

そう言って高らかに笑い、

「右向けぇ、右！　全体前へ！」

奥方は逃げるように席をはずして退室した。工場主の方はというと真っ赤な顔面をひきつらせて、苦虫を噛み潰したような表情だ。こめかみには血管が浮き出ている。

牧師は場を取り持つためになんとか言葉を探した。

「それにしてもフォーゲルワイデ君はどこへ行ったのだろう？　いきなり席を蹴って退場するなんて……もう辞める気なんだろうか？」

「そう——なんでしょうね」

と牧師夫人。工場主はうろうろと歩き回りながら、

「あんな奴はもう来て欲しくない。ならず者のシンパなんかがこんな一流人士の……」

ゲルトベジッツァーがあとの言葉を見失うと牧師が、

「それにしても、やけに騒がしいですな」

この者も他に言葉が見つからないようだ。しばらく間を置いて、

「いやはや、織物工なんてのは、おとなしい、辛抱強い、どうにでもなる者だと思っていたのですが……どうしたことでしょうねえ。何かに取り憑かれたようだ」

「まこと」工場主の興奮した赤ら顔にはやや黒味が差して、牧師に言葉を返した。「あいつらは、昔はおっしゃるように、おとなしくて辛抱強くて、どうにでもなるような輩だったのですよ。人道主義者とかいうアジテーターが現れるまではね。奴らは一体何なのでしょう。労働者救済なんとか連盟とかいう、あれは——」

そう言って冷めたコーヒーをぐいと飲み干した。荒々しく食器を置いて、

「織物工がどんなに惨めな暮らしをしているか、などと自分達には関わりのないことを印刷物で書き散らして、おまけに織物工自身に長々と説いて聞かせる。いい迷惑だ！　本人達が我慢しているのに、なんで寝ている子を覚まさなけりゃならんのだ？羊の群れが今では鳥の群れになって騒ぎまくる。はてには狼にまで変化て噛みつかんばかりだ。こんなに増長させちゃいかん」

「いや、しかし…」

牧師が喋ろうとした時、突然群衆が声高らかに万歳を叫んだ。

「何だろう？」

「でもこれだけ」と牧師夫人が話に入った。「これだけ騒ぎが大きくなったら、警察が、そして政府が黙ってはいないでしょう」

　牧師は工場主の横顔に向かって、

「でもこの不景気は、一体どこに原因があるのでしょうねえ」

「諸外国がドイツに対して税関を封鎖したからでしょう。そのため国外の大きな市場と縁が切れる。国内での競争は熾烈になる……こういったことを無学な無頼漢達は何も知りはしないのだ。あいつらは何も知らずに要求し、わが身勝手に暴れるだけなんだ」

　ゲルトベッジッツァーは深々と溜息をついた。そこへ部下のライヒマンがよたよたと駆け込んで来た。足下が乱れ、顔色も蒼ざめている。

「旦那、旦那様！」

「なんだ、ライヒマン。またどうしたんだ？」

　経営主任は取り乱してじたばたと手足を動かした。

「もう見ちゃいられません。ああ、駄目だ！」

「何がどうしたんだ？　落ち着いて早く言え」

「そうとも」牧師が言った。「気掛かりじゃないか。大事なことを早く言いなさい」

「ああ、ほんとに見ちゃおれません。あんなことを、ひどい、お上に向かってあんなひどいことを……」

ただじゃすまない――と言い掛けたのと、なんだ、どうした、と言う主人の言葉とが重なり合った。ライヒマンは半泣きの表情で恐怖にかられて、

「ユリウス・イェーダーマンを奪い返したのですよ、奴らが…」そう言うと一息ついて、「署長さんを馬から引き摺り下ろして、ダッハマンを殴り倒して――サーベルなんか足下にかけて、へし曲げてしまいおった」

「なんじゃと？」

牧師も動揺の色が隠せなかった。

「まるで革命じゃないか。私どもの足下でそんな……」

ライヒマンは椅子に腰を下ろして全身を震わせ、ああ、ああ、とべそをかくだけだ。その姿が牧師の危機感をさらに煽り立て、

「大変だ、こんな大変なことが……」

あとは言葉にならない。ゲルトベジッツァーはことさら腹の据わったところを見せ

ようとして、

「なあに、くそ。そうなったら警察を総動員して――」

「そうです。牧師さんもおっしゃる通り、大変、大変ですよ、これは、旦那！」

「ええい！　お前は大変しか言えないのか！　このくそ役立たずが！」

夫人二人が傍へ歩み寄ってきた。ねえ、あなた、と工場主の妻が言う。

「折角の御招待がめちゃめちゃだわ。どうだろ、この騒ぎは！　牧師さんの奥様も、もう帰ろうかと仰るのよ」

「そうですね、奥さん。妻が言うように、今日はもう帰るのが一番いいかもしれない……」

「ほんとに腹が立つったら、ありゃしない！　一番の張本人はあのイェーダーマンよ。あの与太者が全部仕込んだんだわ。そうに決まっている」と言って主の妻は一層声を張り上げ、「死刑よ、死刑！　あんな汚れ男は死ねばいい！」

誰もこのヒステリーを宥めようとはしなかった。するとやがて自ら幾分平静を取り戻して、

「それにしてもあなた、どうして出て行って鎮めてくれないのよ？」

「できるか、馬鹿！　だったらお前が行って話し合って来い！　さあ行け！　行くがいい！」

ゲルトベジッツァーは怒鳴り散らしたが牧師の視線に気づくと、

「ああ、先生。私を独裁者だと思いますか？　慈悲のない人間だと思われますか？」

牧師が応えるべくもなく黙していると、そこへ御者がやってきた。馬車の支度ができたと告げる。

「坊っちゃんはお二人とも、家庭教師の先生が馬車に乗せてくれました。はい。いざとなったら、いつでも脱出できますよ」

「脱出する？」ゲルトベジッツァー夫人が怪訝な眼差しを御者に向けた。「いざとなったらって、どういうことよ？」

「いや、それは…」御者は言葉に困って、「それはつまり…いや、次々に人数が増えていますのでね、暴徒達の――。なにしろ警察の方達が暴行を受けたくらいなのですから…やはり、身の安全を思うと」

「た、大変です、旦那！」

「また大変か、ライヒマン。もうそれは聞き飽きたぞ」

「ああ……」

ライヒマンは言葉を失った。ゲルトベジッツッァー夫人はたちまち不安を募らせ、

「ほんとに、どうなるのかしら？　どうしようっていうのかしらね、あの者達は……まさか私達に暴力を振るうようなことはないでしょうね――」

「中には乱暴者もいますからね」

と御者が言う。すっかり落ち着きを失っておどおどと何かを喋ろうとしたライヒマンのその言葉を制するかのようにゲルトベジッツァーは、

「戸締りをするのだ！　戸締りはいいだろうな！」

「私が行って話そう」牧師が冷静を装って言った。「私の思うようにさせて下さい。彼らは何を要求しているのかね？」

聞かれて御者は面食らった。そして主人の顔色を窺いつつ、

「工賃の値上げを要求しているのでございますよ」

「そうか。よし、この神の僕《しもべ》が間に立って務めを果たそう。あの者達と真剣に話し合ってみようじゃないか」

「や、やめた方がいい」御者は驚いて止めようとした。「やめなさい、先生。あなた

の身にもしものことがあっては…」

「ほんと、ほんとよ――」牧師の妻は泣きそうな表情で、「そんな無謀な…あの人達は教育を受けていないのだから、話したってわかるものですか」

「安心するがいい。天なる神が私の務めを守って下さる」

ますます数が増えた群衆の騒ぎに耳を傾けた後、牧師は妻の手に自分の手を重ねた。

「私は試してみたいのだ。あの者達の間に、果たしてこの私に対する真の尊敬の念があるかどうかを……私は行きます。そう、私が出たあとで、すぐに扉を閉めさせて下さい。さあ、行こう。神の御名において――」

帽子とステッキを手にとって、牧師は出て行った。工場主と経営主任は御者について行く。突然牧師夫人が泣き出して、ゲルトベジッツァー夫人の首に縋りついた。

「ああ、どうしましょう。主人にもしものことがあったら、どうすればいいの？」

「奥様、どうかお気をしっかり持って……どうしてこんなことが起こったのでしょう？　お金を持つことが罪だとでも言うのでしょうか。こんなことなら、こんなことなら、ねえ、奥様、私…もとの身分のままで生きていた方がよかった……」

牧師夫人は涙を拭いながら、

「ゲルトベジッツァーさん、そりゃ、どんな身分になりましても思い通りにいかないことや不愉快なことはございます。そりゃもう、身分の――」

「ええ、ほんとにもう、合点のいかないことですわ。私も夫も、何も悪いことなんかしていやしません。仕事で稼いでお金持ちになった、ただそれだけのことでしょう?　なのに、なのに…こんな目に遭うなんて……世の中が不景気だからって、それが内の主人のせいなのでしょうか。あまりにも理不尽な――」

下から物凄い歓声が聞こえてきた。夫人二人は取り乱した表情で顔を見合わせる。その時工場主のゲルトベジッツァーが駆け込んで来た。手には大きな鞄を持っている。

「おい、ベッティーナ。馬車に乗れ、急げ!　ああ、そうだ、頭を保護するように何か被っておけ!　俺もすぐに行く」

そう言って大急ぎで金庫に駆け寄り、現金や有価証券、書類の類を摑み出した。御者がやって来て、

「早くして下さい!　急いで――裏門が塞がらないうちに…」

工場主の夫人は我を失い、こともあろうにこの御者に縋りついた。

「ねえ、助けて。私たちを、子供二人を助けてちょうだい!　お願い……」

「馬鹿、何をしている！　放してやれ！　一刻も早く――」

「奥様、大丈夫ですよ」

御者はことさら平静を装って言った。「馬は十分元気だ。速く走ります。追いつけないですよ」言いながらも感情が昂ってきて、

「道を塞ぐ奴は轢き殺してやる！」

牧師夫人はこの場におよんで、何をしていいのかわからない。

「ねえ、奥様。内の主人はどうなったのでしょう？　あの人は、ねえ、旦那様」

「大丈夫ですよ、奥さん。大丈夫です。安心して下さい」

「何かあったんじゃございません？　ねえ、言って。言ってくださいな、隠さずに！」

「何を隠すもんですか。あの野郎達、見ておれ、後で後悔するぞ！　誰が目論んだかわかっている。こんな真似をして、ただで済むもんか！　牧師に手を下すなんて恥知らずもいいところだ、大罰だ！　人間じゃねえ。畜生、獣め。狂犬だ、狂犬の群だ！」

ふと、放心したように立ち尽くす妻を見て、

「何をしている？　早くしないか！」

玄関の扉が乱打される音が聞こえる。

「あれが聞こえないか。野郎ども、とうとう気違いになりやがった！　もう――」

と言いかけた時に、窓ガラスが木端微塵に砕ける音がした。

「お、お！　もう万事休す。三十六計逃げるに如かず！」

――ゲルトベジッツァー出て来い！

――ライヒマンを出せ！

「ゲルトベジッツァーですって？」

夫人が言った。

「ライヒマン！」牧師夫人が思わず叫んだ。「ライヒマンですって？　ライヒマンを引き摺り出すの？」

そう言ってついに泣き出した。そこへライヒマンが逃げ込んで来た。

「旦那様！　裏門まで群衆が回ってしまった。表は扉がもう破られますよ。あのやくざ者の鍛冶屋が天秤棒でぶち続けている！」

階下の叫喚はますます高まり、声がさらに明瞭に聞き取れるようになった。

――主任のライヒマンを出せ！

――ライヒマン出て来い！

——ゲルトベジッツァー出て来い！

この声を聞いて、何ものかに駆り立てられるようにして夫人の一人が駆けだした。もう一人の夫人もこれに続く。明らかに聞き取れる叫び声にライヒマンは耳を澄ませた。口を四角い形に開けて、気も狂わんばかりの表情だ。

「ああ、旦那様！」すっかり気弱になった男は工場主に抱きついた。そして愛撫する。「情け深い旦那様！　お願いだ、お願いだ、ああ、——み、見捨てないで下さい。私を引き渡さないで下さい！」

頬といい、腕といい、当りかまわず主人を撫でつけて、

「私は旦那様のために一身を捧げて働いてまいりました。——あいつらに十分な賃金をやれなかったのは、それはそういう決まりになっていたからで、なんら私のせいではありません……」

縋りつかれた工場主は身動きがとれず、

「じゃあ、俺のせいだというのか？」

ライヒマンは主人の手に口づけた。

「お願いだ、お願いです。見捨てないで下さい！　殺されてしまいます。あいつらは

私を、この私を殺そうと思っている。死にたくない、死ぬのは厭だ、ああ！」

「とにかく放してくれ、放すんだ！」

主が振りほどくとライヒマンはその場に跪いて両の手を組み、今度は神様、神様、御助けを——と繰り返す。ゲルトベジッツァーが逃げ出そうとすると部下は後ろから抱き縋り、

「御主人様、御主人様！　神様、助けて！」

「放せ！　一緒に逃げよう。な、なんとかなるさ。きっとなんとかなる」

主従が転がるように去ったあとで、客間の窓ガラスが割れて砕け散った。激しい崩壊の音が家中に響き渡る。

——万歳！

おしなべて痩せこけた織物工達は、用心深く足音を忍ばせて階段を上がった。その中にはあきらかに病人とわかる者達も混じっている。

——右だ！

——二階だぞ。

叫び声にはしかし控え目な、辺りを憚るような用心深さが感じられた。

――ゆっくり行け！　ゆっくりだ。

――押すな！　押すんじゃねえ！

――おっと、こりゃいかん。

――行け！　お前が入れ！

――いや、お前が先に行け。入れよ。

　襤褸を下げた、あるいは継ぎ接ぎだらけの汚れた服を身にまとった老若男女の織物工達は廊下口にひしめき合い、最初は口々に先を譲っていた。が、すぐに度胸が据わり、屋敷の居間と客間の中に散らばった。物珍しそうに、おずおずと室内を眺める。それから手で触ってみたりする者もいた。娘達はソファに掛けてみる。中にはなにか不思議そうに大鏡に写った自分の姿を眺める者もあった。一人の若い男が椅子の上にあがって油絵を眺め、やがてそれを取りはずしたかとおもうと床に叩きつけた。その間にも廊下口から貧しい身なりの者達が次から次へと入って来る。年老いて皮膚が骨の下まで食い込んだような工員が、

「階下《した》のやつら、品物をぶっ壊し始めたぜ」

「まるで気違いだ。見境がつかない」

と、別の老人が応える。

「俺はあんなことはやらない。ろくなことにはなるまい」

「そうだ。訳のわかった者はあんな乱暴狼藉の…」

若い男たちがさらに、まるで獲物を追うかのようにしてなだれ込んで来た。女も混じっている。しわがれ声で叫び交わす。

「あの野郎、どこへ行きやがった」

そう言ったのはイェーダーマンだった。続いてならず者のヴォルフガングが一段と大きな声で、

「どこにいやがる、人でなしめ！」

「見つけ出したら吊るし首だ！」

シュミットが言うと、他の者達が、

「そうだ、吊るし首だ！」

「吊るせ、吊るせ！」

と同調する。

「窓から外へ放り出してやるぞ！」

「敷石へ落ちて、くたばってしまえ！」

「死骸は塵箱へ放り込んでやらあ、塵屑め！」

いないぞ、ずらかりやがった、などと暴徒達は口々に叫ぶ。

「ライヒマンもいないのか？」

「ライヒマンを探し出せ！　ゲルトベジッツアーよりも先に吊るしてやる。まずは工場主への見せしめだ！」

壊せ、壊せ！　群衆はさらに戸口へと殺到する。その時、先頭に立っていたヴォルフガングが振り返った。

「待て、みんな。聞くんだ！　いいか、ここをぶっ壊したら、その次が本仕事だぞ。ビィラウへ押しかけて、あそこの工場主を襲うんだ。あそこじゃ紡績機なんかを備え付けていやがるからな。あれをぶっ壊せ！　あの機械のせいで、ああいう工場のせいで俺達は食うに困るようになるんだ」

ゾルゲ老人が廊下から入って来た。込み合う中を二、三歩歩いて立ち止まる。そして信じられないような面持ちで辺りを見回し、首を振った。

「おい、お前は誰だ」と、自分の額をこぶしで打つ。「お前は一体誰なんだ、バルト・

ゾルゲ。気が狂れたか。ああ、回る、回る。頭の中が回る。部屋が回る。くるくる、くるくる……お前はここで何をしているのだ、バルト・ゾルゲ？」

さらに続けさまに額を打った。周りの声が喧しい。

「俺は、このゾルゲは気が狂った！　もう何をするか、わからんぞ。俺は知らぬ。よし、行くぞ！　一揆だ、一揆だ！　やっちまえ、ぶっ壊せ、取ってしまえ！」

俺も気が狂った！　みんな気が狂った、知るもんか！　居合わす者達が歓声を挙げた。哄笑が起こる。ヴォルフガングに導かれて、群衆はその後に続いた。

五

　年老いたベックの織場はビィラウにあった。小さな窓がひとつ、仕事場とはいえ、寝室をも兼ねていた。朽ちて汚れたベッドがひとつ、そしてその傍にテーブルが一脚。隅には暖炉とベンチがある。動くたびに音をたてる不安定なテーブルをとりまく木の腰掛けに、年老いた夫婦と若い男女が腰を下ろして朝の祈りをしていた。

「御慈悲深い神様、今朝もこうして生きておられますことを心から感謝致します」

　唱える髭面の老人は片腕がなかった。おそらくは戦争で失ったのだろう、骨格は頑丈そうだが、腰はすでに曲がり憔悴しきっている。蒼ざめた土色の顔、ぶるぶる震える体——加齢、貧困、労働、病気、辛苦——ありとあらゆる負荷が老いた男の体つき、顔つきを歪めてしまっていた。見たところ骨と筋と皮ばかり、落ち窪んだ眼は機織工特有の苦悩を物語っている。

「主よ、汝が慈悲は広大にして無辺、されど我らは——あ、あ、罪深い人の子でございます。堕落した咎人でございます。けれどもあなた様の気高い御子にしてわれらが救い主イエス・キリストの御為にあなたは我らを見捨てることなくお迎え下さいます」

すでに盲目となって久しい老婆はその頭を垂れ、一心不乱に祈りを捧げている。老人が指を組んだ両手をテーブルに置くと、脚が一本短いテーブルはカタンと音をたてた。

「イエスの血潮と正しき御心は我が飾りなり——懲らしめの鞭に打たれ、罪滅ぼしの猛火に焼かれ、耐え忍ぶこと能わずとも、深くお咎めなさらず我らが罪業をお赦し下さいませ。さらに耐え忍ぶ力を何卒お授け下さいませ。天にましますが父よ、我らが悩みの世を経た後には、永劫変わらぬあなた様の祝福に与りとうございます。アーメン」

「ああ、いつも」老妻が口を開いた。「何遍聞いてもいいお祈りだねえ、爺さん」

しかしその実老婆は耳が著しく遠くて、夫の祈りはというとほとんど脳裏に諳んじているのである。

嫁のリーネが立って、ごく粗末な襤褸屑のような洗濯物が散らかった洗い場へ行った。息子は隣の部屋へと去った。

「子供はどこへ行ったのかな?」

老人が声をかけるとリーネは答えて、

「ペータースワルダウまで行ったよ。ゲルトベジッツァーの旦那のところさ。夕べまたあの子は糸を幾束か巻き終えたからね」

「ああ、子供ながらによくやってくれるねえ」そう言って老人は自分の妻の耳元に口を寄せ、

「なあ、婆さんよ。糸車をここへ持って来てやろうか?」と大声で言う。

「ああ、持って来ておくれ」

くすんだ天井の梁の上には古い糸紡ぎや糸巻き、機織の道具などがしまってある。長い紡ぎ糸の束が幾つも垂れさがっていた。部屋の其処此処に散らかっている様々ながらくた道具の間から、ベックは糸車を持って来た。

「なあ、わしが代わってやりたいところなんだがなあ」

「なあんの。これだってわたいの暇つぶしさ」

「糸に脂がつかないようにな」

そう言って老人は右だけの手で襤褸布を持ち、妻の両手をふいてやる。嫁のリーネ

が盥の前で、

「一体どこで脂っ気のものを食べたんだね」

嫁の言には応えず、老人はほとんど独り言のように、

「脂の物がない時にはなんにも付けずにパンを食べるさ。パンがなければジャガイモを食う。ジャガイモさえなければ――そうよ、生麦を食って命を繋ぐ……」

「黒パンの粉もない時にはどうするのかね」

「山の麓のあの、なに――あれの真似でもするか。あいつは皮剝ぎ屋が馬の死骸を埋めた所を見届けておいてな、そこを掘り返して腐った肉を食いながら何日も命を繋ぎやがったのさ」

「いくらなんでも気持ちが悪いよ。恐ろしい話はよしておくれよ、お父さん」

ベック老人は機に近寄り、

「ハイルゴート!」息子の名を呼んだ。「ハイルゴート、手を貸しておくれ! 糸を通すんだよ」

「あんた、お父さんが呼んでるよ!」

ハイルゴートが出てきた。片腕の父親と二人して経糸《たて》を筬《おさ》に、そして綾取りに通す

といった手数のかかる仕事を始めた。仕事が始まって間もなくして、漆喰が崩れ落ちた玄関に屑屋のボルンホーゼが現れた。狭い部屋の戸口に立って、

「精の出ることだな」

「やあ、ボルンホーゼ」と振り返って挨拶したあとベックが、「一体お前さんはいつ寝るんだね？　昼間は商いに歩いて、夜は夜で寝ずの番――いやはやまったく」

屑屋は答えて、

「俺はもう長いこと寝てやしないさ」

洗濯の手を休めることなく嫁のリーネが、

「よく来たね、ボルンホーゼのおとっつぁん。何かいい話でもあるかい？」

「おおさ」相手は大いに乗り気になって話し出した。「その面白いったらありゃしねえ。ペーターースワルダウじゃ、大変な騒ぎさ。ゲルトベジッツァーの旦那をはじめ一家の者をことごとく家から追い出したんだぜ」

「なんだって？」リーネはこみあげる興奮を抑えながら、「またまた朝っぱらから人をかつぐんじゃないよ」

「いや、これは嘘じゃない、これればかりは嘘じゃないよ、おかみさん。ほんともほん

と、ほんとに追い出したのさ。見事に追い出しやがった。あの大旦那、追われて夕べサンドーラへやって来たんだよ。ところが誰一人受け入れやしない。暴徒が恐ろしいからな。それでシュネルファーレンへあたふたと逃げて行ったよ」

ベックは経糸を丹念につまんでは筬の傍らへ持って来る。ハイルゴートが反対側から鈎針で糸を引きだして、筬の目を一つずつ通そうとしている。老人はつまらなさそうな表情で、

「もういい加減にやめないかよ、ボルンホーゼ」

「何を言う！　嘘だったらこの首をやるさ。いいかね、このことはもうどこの子供だって知っているんだぜ」

「子供だったらいざ知らず、この年まで生きて来た人間がそんな突拍子もないことを信じるわけがねえだろう」

「いや、俺はその場に居合わせて、ちゃんとこの目で見て来たんだよ」

奴らは工場主の家を叩き壊した。蔵も物置も何もかも——とボルンホーゼは語った。二階の窓から陶器類を片っ端から投げ落とした。どんどん投げたんだ。もったいない話だが反物を何百反、河に放り込んだ。それで水が堰き止められて、しまいには岸に

溢れ出したんだぞ。染料をぶちまけて、河の水が真っ青になった。のみか、青い染め粉が霞のように立ち込めた――

老人と息子夫婦は茫然と聞いていた。盲目の老婆はことの重大さだけはわかっていたのだろう、右の耳の後ろに手をやって、一生懸命屑屋の語りを聞こうとしていた。

ボルンホーゼは続けて、

「ほんとにひどいことをやりやがる。屋敷だけじゃない、染物工場から蔵まで壊したんだぞ。階段の手摺を叩き折る、床板を引き剝がす、鏡をぶち割る――ソファであれ、肘かけ椅子であれ、なんでもかんでも引き裂いた、切り刻んだ、投げ壊した。土足にかけた、こま切れだ。いや、もう木端微塵とはあのことだ。あれは戦だ。戦闘だよ」

「信じられん。――おとなしい機織達がそんなことをするか？」

ベックは静かに首を横に振った。いつの間にか物見高い長屋の連中が戸口に集まっていた。

「信じようが、信じまいが、これはほんとのことだ。一人ひとり名前を挙げることだってできるぞ。俺は郡長さんを家の中に案内したんだ。その時に大勢の者と話をした。みんな愛想がよかった。いつも通りさ。だけど壊す手は休めなかった。郡長さんも大勢と話をした。連中、丁寧に対応していたな。いつものようにな。それでも御大層な家具類を壊し続けることはやめなかった。まるで自分に課された仕事みたいに、精を込めて、絶え間なく壊し続けていたよ」

「郡長さんを家の中に案内したって？」

老人がそう言うとその妻が、

「え、何？　何を案内したって？」

と聞き返したが二人は老婆にかまうことなく、

「そうとも。暴徒だといったって、たいてい俺の知り合いさ。普段仲良くつきあっている、あの連中だものな。なにも怖がることはない。そうとも、案内したんだ」

ボルンホーゼは言葉を切って、若夫婦の顔を見比べるように見た。

「おまえら、俺の言うことを疑っているのか？　俺は正直だぞ。そう、あの時は胸がいっぱいになったな。うん。ふと見ると、郡長さんも泣きそうな顔をしていてよ、こう、なんて言うか、胸にこみあげてくるものがあったわ。なんでかな？　それはわからん――と言うか、俺の言葉じゃ説明ができないのだよ。誰も口を利く者はいなかった。黙りこくって、ただひたすら壊し続けているのさ。食うに困った貧乏人が、そうよ、ああやって仕返しをしているんだ。何て言うか、もう……」

ここで屑屋は言葉に詰まった。リーネは激しい興奮に体を震わせながら、前掛けで目を拭いている。そして、

「そうよ、そうならなきゃ、嘘だよ！」

すると戸口に集まっていた野次馬の中から声が起こった。

「ここにも鬼はいる。畜生はいやがるぜ！　馬四頭に馬車二台も持っていやがって、そのくせわしら機織を干乾しにする野郎がよ！」

ベック老人はまだ信じられないような面持ちで、

「だけど、どうしてあそこじゃそんなことが起こったんだろう？」

「そうだ」

と誰かが相槌を打った。ボルンホーゼは幾分興奮した語調で、

「どうしてだって？　そんなことわかるもんか。だけど、そりゃそうだろう。そうなるに決まっているさ、いずれ……」

その言葉に割り込んで、ベックの老妻が不安げな顔つきで夫に尋ねた。

「一体、どんなことを言っているんだね？」

「あのな」ボルンホーゼがさらに言葉を続けた。「ゲルトベジッツァーがこんなことをぬかしよった。貧乏人は腹が減ったら草でも食らえってな。ええ、どうだい？　どう思う？」

長屋の連中の間で動揺が起こった。

草を食らえだって？——貧乏人は草を食えってさ——なんだと？——てめえこそ、糞を食らえ！

「みんな、信じられるのか？」ベックが野次馬に向かって言った。「機織が、俺や倅とおんなじ機織が、そんな恐ろしいことをたくらむはずがない——信じられん。いや、まったくもってあり得ない……」

そこへ亜麻色の髪の小さな少女が駆け込んできた。籠を腕にかけている。リーネは自分の娘とは違った者を見るかのような表情で、

「グレーテル！」

「お母さん、これ見て！」少女は母親に銀の匙を突きつけて見せた。「ねえ、見て見て！　すごいでしょう。これを売ってきれいな服を買っておくれよ」

母親は先程来の興奮に緊張を加えた面持ちを見せて、

「なんだね、おまえ。息を切らせて。せわしくするでないよ。なんなんだね、それは。何を持って来た？」そう言って籠の中を覗いた母親は、「糸がそのまま籠の中に入っているでないかよ。どうしたね、おまえ？」

「グレーテル」祖父は謹厳な顔つきで孫に声を掛けた。「おまえ、その匙をどこから持って来たんだ？」

「おおかた、拾ったんだろう」

と母親。ボルンホーゼはその本業を顕わにして、

「三ターレルにはなりそうだ」

ベック老人はいきなりかっとなって、

「おい、さっさと行け、行かねえか！　その匙を元の所へ返してこい！　さあ、出て行け！　家中に泥棒の汚名を着せる気か、ええ？　ちょっとお仕置きをしてやる」

子供は母親の継ぎの当ったスカートに縋りつき、泣き出した。

「じいちゃん、やだよう！　お仕置きはいやだ。みんなして拾ったんだよ。糸繰りの子供はみんな、なんなり拾って持って帰ったよう！」

「それ、ごらん」リーネが我が子を庇うようにして言った。「拾ったんだよ、この子は。

この子が盗みなんかやるもんか。さあ、言いな。どこで拾ったんだね？」

　グレーテルはしゃくりあげながら、

「ぺ、ペータースワルダウで――みんなして拾ったんだよう。ゲルトベジッツァーさんの家の前で――」

「大方そんなことだろうと思った」と老人が言う。「ボルンホーゼの話からするとそんなことだろうと……」

「なんだね」祖母が割って入った。「何を大騒ぎしているんだね？」

「グレーテルのやつが……」と言い掛けて、「とにかく早く行って、返してこい！返して来るまで家に入れんぞ！」

「こうすりゃいい」屑屋のボルンホーゼが知恵を出した。「ハイルゴートに上着を着せて、匙を役場へ届けさせることだな。そういうふうにすると……」

「ハイルゴート、上着を着ろ！」

　子供の父親は色褪せたよれよれの上着を羽織りながら、

「役場へ行って、こう言うよ。どうか悪く取らないで下さい。子供が何も知らずにしたことです。他の――よその子だって、大勢同じことをしています。どうかこの匙を受け取って、お咎めのないように……」

泣きじゃくっていたグレーテルが一段と大きな声をあげて泣き出した。

「こら、泣くな！　泣きやめろ！」

「さあ、グレーテル、おいで」

リーネが娘を奥の部屋へと連れ込んで、戸を閉めた。やがて母親だけが戻って来ると、

「リーネ」夫に声を掛けられた。「何か布はないか。傷をつけると具合が悪い。しかし、いい匙だ。三ターレルだと……」

ハイルゴートは銀の匙をつくづく見つめながら、どういうわけか目に涙を浮かべていた。妻は夫の気持ちを解したのか、

「これを自分の物にして売ったら、二、三週間は食えるのに……」

「さあ、早くしないか」老人が息子に言った。「大急ぎだ。何てこった！　酷い目に会うところだった。早くその匙を持って行って、悪魔払いをしなければ……」

ハイルゴートが出て行ったあと、ボルンホーゼはおもむろに、

「さて、そろそろ他へ回ろうか」

行きかけてなお数分入口のところで他の者達と話をしていると、薬剤師のワーグナーが気ぜわしく玄関に入って来た。背が低く肥っており、酒に焼けて顔が赤い。

「やあ、みんな、お早う！　いや、どうも、大変なことになったね」

「なんのことだね？」

「何をとぼけなさる」

そう言っては近くにいた中年女に気づき、

「やあ、おかみさん、背中の痛みはどうかね？　――おお、ベックの爺さん。おまえさん方、具合はどうなんだ？」せかせかと玄関に足を踏み入れ、「婆さんのあんばいは一体どうなんだ？」

「薬剤師の先生」リーネが代わって言った。「目の血管がすっかり乾いてしまって、もうほとんど何も見えませんよ」

「それは埃のせいだ。それに蝋燭で夜なべ仕事をするからな。連日連夜――」

そう言いかけてワーグナーは語調を変え、「ところでお前さん方、知ってるかい？　ペーターースワルダウの者達が村中総出で押しかけてくるぞ。俺は朝早くにあちらへ車で出掛けて、あの騒ぎを知ったんだ。まるであいつら、魔物に憑かれたみたい――悪魔の申し子の様になって暴れまくっている。狼の群れだ」

　ベック老人が何か喋ろうとしたが薬剤師は言葉を続け、

「暴動だ。手向かう、略奪する、打ち壊す——一揆だよ。おお、そうだ、グレーテル！　グレーテルはどこにいる？」

　泣き腫らした眼をした少女が出てきて、母親に前方へ押しやられた。薬剤師は得意顔で、

「おじさんの上着のポケットを探してみな」

　グレーテルはポケットを探り、クッキーを取り出した。

「それをあげるよ。これこれ、一遍にそんなにたくさん取るでない。この前お話した駱駝さんはどうなったかな？　いたずら雀の歌は覚えているか？」

　クッキーを頬張った子供が反応を示さないのでワーグナーは元の話に戻り、

「ざっと二千人さな。全く驚くぜ。二千人もの暴徒が押し寄せて来るんだぞ」

「あれはなんだ？」ベックが言った。「何の音だ？」

「鐘だよ」と薬剤師。「あちらで半鐘を打っているんだ」

「半鐘か——何？　二千人って言ったな。そんなに大勢の人間がこちらへ押し寄せて

来るのか？　気味が悪い。全く世の終わりだな」

「そうだとも。俺はその中を車で抜けて来たんだ」

ワーグナーはその時の様子をさらに家族達に語って聞かせた。――大変な大行列だった。影の薄い者達がひょろひょろと繋がって歩いている。みんなして歌をうたっていてな。それが咽喉を締め上げるような声、腹わたを掻き毟るような歌だった。俺の御者はまるで年寄りの女のように泣いていたね。ほんとに、何と言おうか、もう強い酒を引っ掛けずにはいられなかったよ――ほら、聞こえるぞ！

その歌声がすでに遠くから聞こえてきた。罅《ひび》の入った古い甕を死人の骨で叩いているようだ、とワーグナーが形容した。

「もう数分で奴らがここへやって来るぞ。俺はもう帰ろう」そしてさらに数を増した表の野次馬達に向かって、「くれぐれも言っておくが、無分別なことはするでないぞ。すぐに軍隊が抑えにくるからな。落ち着くのだぞ。あんな正気でない奴らと一緒になるなよ」

すぐ近くで鐘が鳴りだした。

「ああ……」ベックが絶望したような声を漏らした。

「そうさな。この村でも半鐘を打っているんだ。いよいよ気違い病が蔓延するぞ」

そう言い残して薬剤師はそそくさと去って行った。

ハイルゴートが息を切らせて帰って来た。玄関に着くなり、

「見て来た、この目で見て来たぞ！」そして戸口にいたひとりの女に向かって、「おばさん、やって来たよ。——親父！」

ハイルゴートは家に入った。

「やって来たぞ、とうとう。練り棒とか天秤棒、斧とかいろいろな物をてんでに持って、もうそこの——アボートの坂の所まで来て騒いでいるよ。銭を要求しているらしい。えらいことになった。ここでも何が始まることか！　先がわからん。あの人数、あの人数じゃ……あの人数で騒動を始めたら、どうなることか——大ごとだ。この村の工場主もただでは済むまいて」

落ち着きのない息子に父親が警告した。

「お前、なんでそんなに駆けずり回る？　無茶すると、また持病が出るぞ。また仰向けにぶっ倒れて、手足をばたばた——あれはもうかなわん」

「駆けずり回らんことには奴らに捕まるでないか」ハイルゴートは興奮気味に言った。

それでも幾分嬉しそうな表情が見て取れた。「みんなして大声で怒鳴るんだよ。お前も仲間に加われ、味方になって手伝えってな。バウアー爺さんも中にいたぜよ。爺さんは俺にこう言った。お前も貧乏人なんだからいくらか貰って来い、親父さんにも加わるように勧めろってな」

「何をぬかす！」

父親が激して言った。息子は熱情を込めて、

「あれが言うのはこうだ。――今に世の中がすっかり変わる。そうなりゃ惨めな機織もこんな暮らしをしなくてすむんだ。日曜毎に肉を半ポンド、祭日にはソーセージ、しかも赤いやつと野菜ぐらいは食べられるようになる。世の中、見違えるように良くなるぞ――これがバウアー爺さんの言い分なんだ」

ベックは憤りを抑えて、それでも怒りは隠しきれなかった。

「あいつはお前の名付け親だぞ。それがなんだ、そんな恐ろしい犯罪に人の息子を巻き込もうと言うのか？　いいか、ハイルゴート、手を出しちゃいかんぞ！　断じて手を出しちゃいかん。悪魔の仕業よ。これはみんな、あいつらみんな、悪魔に取り憑かれたんだ。ええい！」

リーネはといえば、悪魔ならぬ激しい興奮に取り憑かれていた。

「そうかい、そうかい。ハイルゴート、おまえさん、テーブルの下に隠れて、わなわな震えてお祈りでも唱えるがいい。ついでにスカートでも穿いていた日にゃ、さぞかしお父上のお気に召しますことでしょうよ。それが男のやり方かい！」

玄関にいる長屋の連中が笑い声を挙げた。老人は怒りに身を震わせ、

「そんならおまえは立派な女だっていうのかい。一端の母親だとでも言えるのかね。亭主に悪事を勧めて犯罪者になれと言う。子供を躾ける立場の人間が、よくもそんな不信心なことを言えたものよのう！」

嫁はほとんど我を忘れていた。かっとなって言い返す。

「そんな御立派なことを言ってて、子供の腹が一杯になったかね？　三人とも小汚い襤褸布に包まって寝て、乾いたおしめさえあてがうことができなんだ。うちが母親らしくなれるためには、工場主が大層な揚げ物を腹十三分目に食いすぎて、食中りでくたばればいいと思っていた。これが、これが親心というものよ」

リーネの赤くなった目には涙がいっぱい溜まっていた。一呼吸置いて、

「こんな有様で赤ん坊が育つもんか。子供が生まれてから命が尽きるまで、うちは泣

いてばっかり暮らしていた。あんたらはちっともかまってくれない。あんたらがお祈りしたり、きれいな讃美歌を汚い声で歌ったりしていた間に、うちは足の裏血まみれにしてたった一杯のミルクを貰いに歩き回ったよ。なんとかこの子ばかりは地獄へ落とすまいと、夜の目も寝ずに頭を絞ったんだよ。赤ん坊に何の咎があるんだよ？」

涙が母親の頬を伝った。ひと度涙を流すと、次から次へと幾筋もの涙があとを追う。

老人も息子も俯き加減にただ黙している。女は一層語気を荒げて、

「うちの赤ん坊はあんな惨めな死にざまをしてるのに、あの坂の上のアボートのところではミルクで行水つかわしてやがるさ。ここで一揆が始まって、アボートの館を連中がぶっ壊す時にゃ、私は真っ先に駆けつけてやる。止める者は容赦しないからね！」

「ハイルゴート！」老人は俯いたままの息子に言うともなく、言葉を垂れ流した。「おまえの嫁はとうとう罪に堕ちた。こうなったらもはや救われることもあるまい……」

リーネは完全に理性を失い、ほとんど狂乱状態だ。

「救われないのはそっちだ！　あんたらそれでも男かい？　この意気地なし！　腰ぬけ共が！　カラスが鳴いたら襤褸布団ひっかぶってぶるぶる震えるんだろう。――この爺さんにゃまったく、唾でも掛けてやりたいよ。人にひっぱたかれて、ありがとう

ございます――そう言うのが関の山さ。血の気を抜き取られて、もう顔を赤くすることさえできやしない。親子並べて、根性叩き直してやりたいよ！　腐れ男は鞭でもくらえ！」

女は席を蹴って立ち去った。

気まずい沈黙が辺りを覆った。耳の不自由な老婆だけが重たい空気の中で言葉をこぼした。

「リーネはどうしたんだね、一体。ずいぶん怒っていたじゃないか」

「何でもないんだよ、おまえ」老人が疲れ果てたような態で応じた。「何があるもんか」

「なあ、爺さん。半鐘の音が聞こえるようだが、気のせいかな？」

「また誰かあの世へ召されちまったんじゃないのか？」

「わたしゃ一体、いつになったらあの世へ召されるのかねえ。いつになったら楽な世界で暮らせるのだろう？」

またしても重々しい沈黙が座を包んだ。ベック老人が仕事の手を止めて、立ち上がった。

「ハイルゴート！」と息子に話しかける。「おまえの女房はあんなことをぬかしやがった。ハイルゴート、まあ、これを見ろよ」

老人は胸をはだけた。左の肩に近い辺りに親指の先ほどの穴があいている。

「ここに敵の弾丸が入っていたんだ。俺がなんで片腕を失くしたか、王様は御存じだ。うたた寝しているうちに鼠に齧られてなくなったとでも思うかね？」老人はゆっくり歩き回った。「おまえの女房がなんにも知らなかった時分に、俺は御国のために戦って、いっぱい血を流したのだ。だから……」

「そうだとも」息子が相槌を入れた。「親父は国士だ。臆病者なんかじゃない。臆病者はこの俺だけだ」

表に集まっていた多くの者達は、誰も言葉を発することがなかった。

「怖がるというのか？」老人の物言いに怒りの影が差した。「怖がるというのか、この俺が？　俺が一体何を怖がると言うんだ？　そりゃあ、少人数の兵隊が一揆を抑えに来るだろう。だがそれが何だ、それが怖いか？　莫迦にするな！」

「そんなもの、誰が怖がるか！」

表の一人が言った。

「爺さんは勇士だよ！」

と他の者。

「俺は確かに」老人は続けた。「確かに俺は老いさらばえて、背骨も痛めている。腕も一本しかない片端者だ。だがな、俺の骨っ節は半端じゃないぞ。銃剣の一本や二本、いつでも相手になってやる。どうせ一度は捨てた命だ。もう一度死に直すことに、何の恐れがある？　こんな拷問台みたいな苦痛ばかりの世の中とおさらばするのに、何に未練があるっていうんだ！　なあ、ハイルゴート、未来があるぞ、未来が。天国へ行っていい暮らしをするんだ。早まって地獄へ堕ちるようなことはゆめゆめするんじゃないぞ」

「でもよ」息子は疑り深く言葉を返した。「死んだあとのことは、誰にもわかりゃしない。誰も見て来た者はいないんだから」

「よく聞けよ、ハイルゴート！　俺達貧乏人はたったひとつの宝物を持っているんだ。何のために俺がこの機台に掛け通したか――四十年以上もひたすらこの踏み板を、何のために踏み続けてきたか？　山の上の奴らが威張りくさって贅沢するのを、文句も言わずにじっと我慢して見て来た。やつらは俺達を食うや食わずの目に合わせて、金を溜めこんできた。それをどうして黙認してきたか」

一気に喋って老人は咳き込んだ。そして一息入れたのち、

「俺には一つの望みがあったからだ。いくら苦しんでも一つの望みがある。欲の深い奴らはこの世で分け前を取るがいい。俺はあの世で分け前を貰うんだ！　たとえこの体はぼろぼろになっても、来世の楽しみがある。あの世へ行けば裁かれる……俺達は手を下すまい。復習するは我にあり――かく主は宣えり！」

――野郎ども、出て来い！　外で声がした。――合流せい！　集合だ！

「勝手に騒げ！」老人は吐き捨てるように言った。「俺は一歩もここを動かないぞ！」

そう言って仕事にかかる。息子のハイルゴートには逡巡の色が窺われた。やや苦悶したのち、

「さあ、仕事に戻ろう。もう、どうとでもなれ！」

工員達の歌が聞こえて来た。歌っているのはすぐ近く、数百人の声だ。低い一本調子で哀訴にも似た歌声――。

長屋の者達が口ぐちに、――来たぞ、来たぞ。まるで蟻の行列だ。こんなに大勢……押すな、押すな、おお、俺にも見せろ！　あの先頭のやつは、あれじゃないか？

こりゃどうだ、真っ黒な塊になっている――。

　襤褸屑屋のボルンホーゼが人々の中に入って来た。

「これはたいへんな見物だぜ。めったに見られるものじゃない。みんな、山の上に来て見ればよかった。あいつら、並はずれなことをやらかしたんだぞ。家も工場も、おまえ、酒蔵もない。壊した、壊した、見事に壊しよった――。酒はおまえ、いちいちコルクを抜いてなんかいない、瓶の首を叩き落してラッパ飲みだ。口が切れたって平気さね。血まみれで駆けずり回っている奴もいた」

　誰かが何か言ったが、ボルンホーゼは掛け合わず興奮気味に、

「いよいよ今度はここの番だぞ」

　群衆の合唱がさらに近くなり、

「だけど、そんなに乱暴なようにも見えないが」

　野次馬の一人が言った。

「まあ、見ていろ」とボルンホーゼ。「今にわかるさ。奴ら、じっくりと様子を窺っているんだ。あちらこちらの屋敷に狙いをつけているんだぜ。ほら、見えるか？　あそこの小さい奴。金槌と鉞《まさかり》持ってる、あいつだ」

「あれか？　あれは鍛冶屋のシュミットだ」

と誰かが言う。

「そうさ、あれは小さいくせにたいへんな暴れん坊だ。あいつにかかったらどんな分厚い扉でも、ビスケットみたいに叩き割られるぞ」

「ここのモップの旦那があれに捕まったら……」

「おおよ、もう第一巻の終わり――」

「あ、始まったぞ」

と他の者が言った。投石で窓が割れる音――。

「モップの奴、おおかた歯の根が合わないだろうよ」

「おい、何か、札をぶら下げたぞ。――何と書いてある？」

「おまえ、字が読めないんだな？」

「うるさい！　遠過ぎて見えないのだ」

――君達の――話を聞こう――要求に、応じる――

一人がそう読んだ。

「そんなことで収まるもんか」ボルンホーゼが言った。「なまらはんかな要求なんかじゃない。なにしろここの工場を目の敵にしているのだからな」

「そうだ」骸骨のような男が満面朱をなして声を挙げた。「紡績機械を叩き壊すのだ！誰にだってわかる、手織の工員達が干し上がってしまうのは、機械のせいだからな」

あちらこちらでガラスが割れる。男は言葉を続けて、

「あのおとなしい奴らの堪忍袋の緒が切れた日にゃ、もう止まらんぞ。郡長が来ようが、誰が来ようが、もう誰が聞くもんか」

「お札を出したぐらいで収まる訳がない」

「あの手口を見たら、もう行きつく先はわかってらあ」

人々は口々に言った。

たいへんな数の群衆が橋を渡って来た。こちら側の狭い土地を目指しているようだ。

「来るぞ、来るぞ！」

「こっちへ来るぞ！」

「機織の仲間達を駆り出しに来たんだ、きっと」

表に集まっていた者達はてんでに逃げるようにしてその場を立ち去った。誰もいなくなった玄関に、一団の暴徒が闖入してきた。みんな薄汚い、埃に塗れた身なりで、

ブランデーと緊張とで顔を真っ赤にし、徹夜をしたために疲れ切った様子である。

「織物工は、出て来い！」

そう叫びながら少人数に分かれて各部屋へと入り込んで行く。ならず者のヴォルフガングとその他三人の織物工が棍棒や竿を手にして仕事場へ足を踏み入れた。そして機を織る老人の姿を見ると、はっとして静かになった。

「ベックのとっつぁん、もう根仕事はやめにしなよ」と言ったのはヴォルフガングだった。「もうこれ以上、体に無理はしない方がいい。俺達が責任をもつよ」

「もうこれからはひもじい思いをすることもないんだ」

一人の若い男がそう言うと、もう一人の者が、

「織物工も家の一軒でも持って、ちゃんとした服を着られるようになるぞ」

「おまえら」老人が険しい眼差しで若者達を見返した。「どこからやって来たんだ？そんな棒きれなんか持ちやがって」

ヴォルフガングは不敵に笑って、

「モップのど頭《たま》をこいつでぶち割ってやるんだ」

隣の若い男は火箸を見せて、

「こいつを真っ赤に焼いて、工場主の咽喉に突っ込んでやる。咽喉のひりつく苦しみを思い知るがよい！」

「一緒に来いよ、とっつぁん」いま一人の男が言った。「日頃の恨みを晴らすんだ」

後ろにいた小さな機織が老人の前へ出た。

「誰も、誰一人俺達に憐れみを掛けちゃくれなかった。神様だってそうだ。俺達は今こうやって、自分で自分を守るんだよ」

そこへ汚れ放題に汚れたバウアー老人が入って来た。いささか足取りが乱れ、手には殺した兎をぶら下げている。

「俺達はみんな兄弟だ！　ヨハン、さあ、俺の胸に飛び込んで来い！」

若者達は笑った。ベックは相手の老人に険しい目を向け、

「何というザマだ、おまえまでが……」

「来いよ、一緒に行動しよう！」

「俺に構うな！」

「ヨハン、俺達にだって、幸せになる権利があるんだよ。俺は今まで間違っていた。見ろよ、この腹を――」そう言って自分の腹を撫でて見せた。「この中にはよ、貴族

の食事が入っているんだぞ。シャンペンだってたらふく飲んだ。——人間誰しも幸せになっていいんだ。そうだ、これからは俺達だってシャンペンは飲めるし——」

　バウアーは左手の兎を持ち上げて見せ、

「兎の焼き肉だって食っていいんだ、誰に遠慮がいるもんか！」

「そうだ、遠慮なんかいらねえ！」

「俺達の世の中に、万歳！」

「万歳！」

　暴徒達は口ぐちに叫んだ。バウアー老人は言葉を続けて、

「一度旨い物を食うと、たちまち体がよくなるぞ。そうだとも、急に心までが強くなって、そう、牛みたいに強くならあ！　手足の指先まで精力が行きわたって、なんでもぶっ壊す——手当たり次第だ！　癪なくらいおもしろいぞ！」

　ユリウス・イェーダーマンが現れた。手にしていた騎兵のサーベルを高々と挙げ、

「吶喊《とっかん》だ！　猛烈な吶喊をしたんだぞ！」

「やり方がもう、わかってきたな」ヴォルフガングが言った。「一、二、三で家に飛び込む。あとは勢いで、手当たり次第に壊すなり、火をつけるなり、鍛冶屋の仕事場

みたいに火の粉が飛び散らあ！」

「そうだ、焼き討ちだ。焼き討ちをやろう！」

と小柄な織物工が言うと、

「これからライヒェンバッハへ押し掛けて、金持ちの家に火をつけてやろう！」

もう一人の機織が同意する。イェーダーマンが笑って、

「火災保険で奴らを儲けさせてやるのか？」

一同哄笑した。ヴォルフガングはおもむろに、

「よし、ここからブレスラウへ進軍しよう！　目指すはラビーナーの屋敷だ！」

「金持ちばかりでなく、役人どもも酷い目に合わせてやろう！　奴らはみんな一つ穴のむじなだ！」

「さらにフライブルクだ！　同志の数はいや増しに増えるさ」

バウアー老人はベックにブランデーを勧めた。

「まあ一杯やんなよ、ヨハン！」

「俺はそんなきつい酒はやらねえよ」

「高い酒は飲まねえってんだろう？」

とヴォルフガングが冷やかすとバウアーが、

「もうそれも過ぎた話さ。これからは世の中が変わるんだぞ、ヨハン！」

「おまえら」ベック老人は愛想を尽かしたように、「自分達のやっていることがわかっているのか？　おまえたちはな——」

バウアーは老いた友に皆まで言わさず、

「なあ、この兎はおまえ達のために持って来てやったんだぞ。スープでも作って、婆さんに栄養をつけさせてやれ」

大声で息巻くように喋っていた一同のやりとりは、耳の悪い老婆にも聞こえていたのだろう、

「要らぬお世話だ！　うちはスープなんか、欲しくもねえ！」

「おお、よく言った、婆さん。そうだ、略奪の品なんざ、受け取っちゃいけねえ！いいか、よく聴け！　おまえ達は俺らとは無縁の存在だ！　何の縁故もねえ！　そもそもここへは来てもらいたくもねえんだ」

「行動を共にしない奴は敵だぞ！」

あとから入って来た者が怒鳴った。イェーダーマンは業を煮やしたかのような表情

で、

「爺さん、おまえさんはほんとに頑固者だな。なあ、俺達を強盗か火事場泥棒のように扱うなよ。たとえ爺さんといえども……」

「俺達はな——」先の若者が大声で割って入った。「食う物がない、それがすべてだ！」

「そうだ、それがすべてだ！」あとから来た、また別の者が怒鳴り返した。「だから首に巻き付けられた鎖を断ち切ったんだ！」

「当然だ！」イェーダーマンは老人の方へ一歩踏み出して、「爺さんよう、あんた、それだけ長く生きてきて、よく癇癪が起きなかったな。一体どういう……」

「静かにしねえか」屈強のヴォルフガングが止めに入り、「こんな年寄りを相手にするのはよせ。なあ、ベックのとっつぁん、俺はこう思うんだ。今までさんざ我慢してきたんだから、その分これから取り戻したっていいんじゃないか？」

「おまえ、どれだけ我慢してきた？　俺は六十何年も堪えてきたのだぞ。今になって……」

「四の五の言わずに、世直しだ！」

と誰かが叫んだ。

「ちょっと待て」誰をともなく制する仕草で老人が言った。「なあ、若い衆。血気にはやるのも無理はないが、力で出ると、向こうも力ずくでくるだろう。それが……」

「軍隊のことかね？」イェーダーマンが応じた。「俺だってついこの間まで軍隊にいたんだ。しかもこの俺ときた日にゃ、中尉どのから恩賜の剣を頂いたくらいの兵《つわもの》なんだぜ。そんじょそこらのザコどもが押し寄せて来たって、ものじゃねえぜ」

「おまえがいくら強くても、二個中隊、三個中隊相手にどうやって戦えるね？」

「軍隊が来たぞ！」窓の外から声が聞こえた。「みんな、気をつけろ！」

家の中の者達も俄かに沈黙した。その静けさの中で、かすかに鼓笛隊の音が聞き取れた。誰かのおどけたような叫び声が沈黙を破る。

「おお、恐ろしい。逃げるが勝ち、ときたもんだ！」

どっと沸き起こる哄笑。

「誰だ、今逃げるとぬかしやがった奴は！　どこのどん畜生だ！」

ヴォルフガングが怒声をあげた。

イェーダーマンはかなり冷静に、

「恐れるな、鉄兜がなんだ！　俺はその道のプロだぞ。俺が指揮を執る。駆け引きは十分に心得ているんだ」

「おまえら、何で迎え撃つ積りだね？」ベック老人がなおも諭した。「そんな棒切れで撃つ積りかね？」

「こんなへたれじじい、放っておけ！　かまうことはない」若い機織が吐き捨てるように言った。「脳味噌がカビていやがるんだ！」

「ほんとに気が狂れていやがる」

と、他の若者も言葉を吐く。暴徒の仲間達の中に混じり込んでいたハイルゴートが今ものを言った相手の胸倉を摑んだ。

「この野郎！　年寄りを捕まえて、何てことをぬかす！」

「お、おい、放してくれ。ほんの弾みだ」

父親が割って入った。

「やめておけ、ハイルゴート。喧嘩はよせ。言いたいように言わせておけ。気が狂れているのは俺か、こいつらか、そのうちはっきりわかることだ」

「一緒に来るか？」

ヴォルフガングがハイルゴートに訊いた。躊躇する息子に代わってヨハン・ベックが応える。

「内の倅は行きやしない」

そこへ嫁のリーネが飛び込むように入って来た。

「なにをぐずぐずしているんだね。そんな御宗旨爺さんにかまってなんかいるんじゃないよ！　さあ、行こう！　広場へ出よう。バウアーのおじさん、早く来ておくれ。あんたは年を取っていても、ほんとに勇敢だわ。肝っ玉が据わっているさね」

「隊長が馬の上からみんなになんだか話をしているぜ」

と誰かが言った言葉にリーネは反応して、

「みんなを説得して、引き取らせようという魂胆だ。早く！　早くしないと手遅れになるよ」

イェーダーマンがこの勇ましい女に笑いかけた。

「あんたはシュレジアのジャンヌ・ダルクだ。して、あんたの旦那さんは強いのか、弱いのか、もひとつわからねえな」

「誰が私の旦那なんだね？　私に旦那なんているもんか！」

外へ出ると、鍛冶屋のシュミットに出会った。金槌を右手にしっかりと握りしめ、こめかみの辺りから一筋細く血を流している。

「やっちまえ！　気骨のある奴はついて来い！　進めぇ！　突撃ぃ！」

一群の暴徒達が喊声を挙げながら駈け出した。リーネもイェーダーマンと並んで後に続いた。ヴォルフガングは老人に声を掛けた。

「達者でな、とっつぁん。また会えるさな」

「さあ、どうだかな。もうあと四、五年はこの体持つかもしれねえが、それまでにおまえは娑婆に出てこられないだろうよ」

「何だって？」

「俺が死ぬまで牢屋に入っているだろうて、おまえ達は」

ヴォルフガングは高らかに笑ってみせた。

「それも良かろう。牢屋に入っていたら、日々の飯には事欠くまい。じゃあな！」

バウアー老人は傍らの歪《いびつ》な椅子に腰を降ろした。ぼんやり思案顔だ。そしてやがて立ち上がり、

「なあ、ヨハン。俺は確かに酒が回ってはいるが、しかし頭の中ははっきりしてるぞ。

この武装蜂起については、おまえと俺とでは考え方が違うんだ。俺は思うんだが、ヴォルフガングの言うことに間違いはない。鎖に繋がれてこき使われるよりは、まだしも監獄の方がましだろう。飢え死にする心配がないものな。——俺だって、何も好きこのんでこんな騒ぎに加わったわけじゃない。だがな、ヨハン、堪えに堪えて生きてきて、もうこの年になって残り幾ばくもない。せめて一生に一度くらいはちっと溜飲を下げてみたい、そう思ったんだよ」

バウアーは戸口へと歩を進めた。そして振り返り、

「達者で暮らせよ、ヨハン。俺が死んだら、俺のためにも祈ってくれよな」

去りゆく老体を長年の友は放心したかのように見送っていた。暴徒達が去った表玄関には、またしても物見高い長屋の連中が段々集まって来ていた。ベック老人はまるでその行為が脳裏に刻み込まれているかのように、機の前に座って経糸を紡ぎ出した。ハイルゴートは暖炉の横にあった斧を手に取り、見るともなく刃を調べた。老人もその息子も一言も喋らず、ただ胸の中の激しい動きに身を委ねているようだった。外から大群衆のざわめきの声が騒然と聞こえてくる。老婆が不安げに、

「爺さん、これは一体どうしたことだ？　床が揺れ動いているじゃないか。——一体

何が始ったんだい？　この先どうなるんだね？」

老妻には応えることもしないで夫は、

「ハイルゴート！」

息子に声を掛けた。

「何だね？」

「斧をしまっておけ」

「薪を割らなきゃならないじゃないか」

そう言って息子は斧を暖炉に立てかけた。

「ハイルゴート、親の言いつけをよく守るんだぞ」

窓の外で声がした。

「ここの婿さん、おとなしいよな。親の言いなりになる」

「嫁さんはジャン――ジャン・ダルラのようだけど」

「それを言うなら、ジャン・ダルラックさ。シュレジアのジャン・ダルラックだって、あの学のある兵隊崩れが言ってたよな」

「婿さんが皿洗いとか、お洗濯とか、女みたいに家事万端やってくれるから、嫁さんは男みたいに世直しに加われるというもんだ」

ハイルゴートは顔面に朱を注ぎ、一旦は置いた斧を玄関の壁めがけて投げつけた。

「糞ったれ、俺を気違いにする気か！」

ひええ！　悪口を言っていた者達がその場をそそくさと逃げ去る。この時、轟然たる一斉射撃が聞こえた。

「おお！」耳の悪い老婆が驚きの声をあげた。「えらいことじゃ！　また鳴った！」

その老いた夫は合掌して跪き、

「ああ、天にましますが我らが父よ、哀れな織物工達をお守り下さい。彼らの止むにやまれぬ暴挙を許し、なにとぞ、なにとぞ……」

静けさが辺りを覆った。老人はよろめいて立ち上がり、

「とうとう流血の大惨事だ――」

溜息のように言葉を吐いた。

またしても轟音――一斉射撃だ。ハイルゴートは壁にぶつけた斧を拾い上げた。その顔は蒼ざめ、胸の内の動揺を抑えかねている。

「畜生！　これでもまだ、家の中に隠れていなきゃならないのか！」

若い女の声が聞こえた。

「ベックのお爺さん、窓の傍を離れなよ。二階の私らの部屋じゃ、窓から弾丸が飛び込んできたよ！」

グレーテルが大声で祖父に呼ばわる。

「爺ちゃん、爺ちゃん――兵隊さんが鉄砲撃ったよ」

撃たれた一人は独楽みたいにくるくる回ってその場に倒れた。もう一人は地べたに倒れてじたばたしていた。周りは血だらけだ――。

「四、五人やられたようだね」

と、長屋の女の一人が言う。

「あれを見なよ」

年老いた機織が指さす方では、暴徒たちの一群が軍の兵士達に向かっていく。女達は裾を捲りあげ、兵士に向かって唾を吐きかける。

「あそこにリーネがいるぞ！」

言われてハイルゴートが目を凝らしたが、妻の姿が捉えきれない。

「ほら、あそこだ！　右へ移った、左へ跳んだ。またまた、ほら、見えねえか？」

ハイルゴートがやっと妻の姿を目で捉えた。リーネがこぶしを振り回して銃剣の前を跳び歩いている。まるで狂った猿か何かが留まるところを知らずに踊りまくっているようだ。

「おまえよりかみさんの方が、ずっと勇気があるぞ」

近所の者がハイルゴートを罵るように言った。その時ハイルゴートの目は、負傷した一人が屋内に運び込まれる姿を捉えた。一瞬の沈黙。そして誰かが、

「あれはイェーガースだ！　俺の家の裏手に住む機織だ」

続いていま一人、今度はこの建物の玄関に担ぎ込まれた。

「誰だ、撃たれたのは？」

「知らねえ、この者はどこの者だ？」

「とても命は助かるまい。弾が耳から入って突き抜けている」

男達が負傷者の手足を持って、木の階段を上っていく。その時戸外で、

「突撃ぃ！　突撃ぃ！」

石が乱れ飛ぶ。――道路普請の石だ、と誰かが言った。兵隊達の頭上に敷石の雨だ。

反撃の散発――悲鳴、叫び声、そして鬨の声。建物の表の戸が閉められた。次の一斉

射撃に備えて兵士達は銃に弾を込める。

「ベックのお爺さん、離れなよ、奥へ入って！　窓の傍は危ないよ！」

先の女がもう一度警告した。

「畜生、畜生！　俺達は狂犬か？」ハイルゴートは斧を握りしめ、歯が軋むほどに怒りを顕わにした。「撃ち放題に撃ちやがって、人を人間扱いしやがらねえ！」

一瞬思い迷ったのち、父親に向かって、

「行くぞ、俺は行く！　女房を見殺しにできるか！」

「待て、ハイルゴート！　無分別はよせ！　親の言うことを聞け！」

息子は不器用な手付きで扉を開け、駈け出した。

「行くぞ、俺も行くぞ！　リーネ！」

ハイルゴート、ハイルゴート！　駆け去った息子を老人の声が追った。

「ハイルゴートはどこへ言ったんだね？」

年老いた母親が案ずる。父親は肩を落として、

「あいつは悪魔に攫われてしまったよ……」

「窓の傍を退きなよ、爺さん」今度は別の女が言った。「危ないって！」

「いや、退かぬ！　ここが俺の仕事場だ。おまえらが一人残らず悪魔に攫われたって、俺はこの場を動かないぞ」

　老人の落ち窪んだ両の目は、気が狂れたかのように据わっていた。

「意固地になるんじゃないよ」

「ここで――この場で務めを果たすのが、神の思し召しだ。夏に雪霰が降ろうが、弾が降ろうが……」

　老人は機を織り始めた。轟然たる一斉射撃！　ヨハン・ベックは大きく身を反らして、その体が鞭を打ちつけるように機の上に倒れた。致命傷だ。同時に吶喊の声が響き渡る。人々の多くが屋外へ飛び出した。

「爺さん、爺さん、どうしたんだね？」

　老いた妻がおどおどしながら、機の上に伏せた夫の肩に手を置いた。群衆の荒々しい声がだんだん遠ざかっていく。

「爺さんや、返事をしておくれ、お願いだから……」

　その時グレーテルが駆け込んで来た。

「爺ちゃん、爺ちゃん。みんなが兵隊さんを村から追い出してるよ。モッブさんのお屋敷に押し掛けるんだ。モップさんとこもゲルトベジッツァーみたいになるんだよ――」

そう言って孫は、はっと事態に気がついたようだった。

「お爺ちゃん?」口元に指をやってグレーテルは、恐るおそる死体に近づいた。「お爺ちゃん、お爺ちゃんったら!」

あとがき

この作品はゲアハルト・ハウプトマンの戯曲『Die Weber』をノベライズしたものである。

極貧に苦しむシュレジア地方オイレンゲビルゲ山中の労働者達が一八四四年の夏に暴動を起こした。その経緯《いきさつ》をもとにハウプトマンは劇作し、日本においても以前幾度となく上演された。それをこの度筆者が改めて小説という形にして世に出したのである。

我々の間では暴動といえば過去の遺物のように見られ、人々の記憶から遠のいている。それは我が国が高度経済成長を遂げ、円熟した民主国家になったからだ。しかし世界に目を移せば、至る所で暴動は起きている。

思うに暴動というものには、至極簡単な共通した構造がある。民衆が困窮のどん底に呻吟し、耐えに耐えて耐え忍び、そして限界に達した時に絶望のあまり絶叫して、搾取する抑圧者＝権力者に対して一揆を起こす。その結果これは必ずと言っていい程弾圧され、悲劇的な結末に至るのである。ハウプトマンの劇、したがってこの小説は、極めて構造的にそのプロセスを辿っている。

今日の日本では暴動はまず起きよう筈がない。しかし、経済状況に翳りを見せて久しいこの国では、企業の雇用や自らの賃金に不満を持つ下層の国民が年を追って増えている。そうした人達にとって、地域と時代を越えた弱者の文芸は一種のカタルシスめいた親近感を感じさせるのではないだろうか。

最後に作中人物の会話について言及しておきたい。原作の台詞ではもちろん人物達は昔のドイツ語、しかも地方の方言で喋っている。しかし今日の小説として世に出すにあたっては解りやすさを考慮し、敢えて現代の標準日本語を採用した。この作品ではあくまでも動きが大切であるので、読者の方々が淀むことなく作中を駆け抜けて下さったならば幸いである。

二〇一四年十一月

著者略歴

荒木英行（あらき　ひでゆき）

1948年大阪市生まれ。

関西学院大学大学院文学研究科修了。

フリーの職を経た後大学講師となる。

日本独文学会会員。ゲルマニスト。

関西学院大学、同志社大学などでドイツ語等を講じる。

著書に『南ドイツの小さな町で』『狂夢郷』（以上新風社）『幻想のディスクール』（共著、鳥影社）ほか、雑誌発表の小説、論文等多数。

シュレジア　一八四四

二〇一五年一月二十日　初版第一刷発行

著　者　荒木英行
DTP　フォレスト
発行者　原　雅久
発行所　株式会社 朝日出版社
〒一〇一-〇〇六五　東京都千代田区西神田三-三-五
TEL　〇三-三二六三-三三二一
FAX　〇三-五二二六-九五九九

印刷・製本　図書印刷株式会社

ISBN978-4-255-00813-4